❶

如来降臨篇

(新装版)

今野 敏

ハルキ文庫

角川春樹事務所

目次

秘拳水滸伝1

如来降臨篇

一章　宗家惨殺

1

山に抱《いだ》かれ、渡良瀬《わたらせ》川と桐生《きりゅう》川にはさまれた群馬県桐生の町に、『不動流《ふどうりゅう》』の看板をかかげる古い町道場があった。

道場は郊外にあり、周囲は畑が多く、夜になると、たよりない街灯がところどころにあるだけで、たいへん暗かった。

遠くに、国道一二二号線が通っており、そのあたりが車のライトと道路灯で、ほのかに明るく見えている。

道場の奥に、道場主の家族が住む屋敷があった。

現在の道場主は、三代目宗家《そうけ》だった。

年齢は五十四歳。

彼は、薄暗い古い道場で、ただひとり、杖《じょう》の技を練っていた。

杖というのは、長さ四尺から四尺半ほどの長さの丸棒のことで、六尺棒よりも細身にできている。

一般的には、刀を相手として想定し、技が組み立てられている。

両端を自在に使って、眼や喉《のど》などの急所を突く技が工夫されている。

杖術の上級者が、刀身を横から弾《はじ》くと、刀は鞘《さや》に収まらなくなると言われている。杖の材質は樫《かし》などの木材だが、使いようによっては鋼《はがね》の刀をも曲げてしまうということだ。

三代目宗家の名は長尾《ながお》高久《たかひさ》といった。

彼は、門弟たちが帰ったあと、技の研究をしているのだった。

彼の生活は武術一色と言ってよかった。『不動流』は形式だけの古武術ではない。生きている武道であり、伝統を踏まえた実戦的な総合武術だった。

開祖・長尾久重《ひさしげ》は、無類の武術好きで、大東《だいとう》流合気柔術と天神真楊《てんしんしんよう》流柔術を学んだ。

天神真楊流は、現代の講道館柔道のもととなった柔術だ。一方、大東流合気柔術は、触れるだけで相手を投げ飛ばすといった変幻自在な技を駆使《くし》する武術で、達人としては武田《たけだ》惣角《そうかく》が有名だ。

開祖・長尾久重は、北海道網走《あばしり》に武田惣角を訪ね、直接師事している。

天神真楊流に関しては、皆伝《かいでん》を得ていたという。

その後、大陸に従軍した際、革命前の中国で、多彩な中国武術の数々に魅せられてしまった。

開祖は、老師を訪ね歩き、熱心に教えを乞《こ》うた。彼は、内家拳《ないかけん》三門を学ぶことになった。

内家拳というのは、拳などを固く鍛《きた》える外功《がいこう》に対して、体の内側から発する力――いわゆる気を練る内功《ないこう》を重視する拳法だ。

内家拳三門という場合は、「太極拳《たいきょくけん》、形意拳《けいいけん》、八卦掌《はっけしょう》」の三門を指す。

開祖を指導した老師たちは、その覚えの早さと熱心さに驚き、畏怖《いふ》さえ覚えたと言われている。

帰国してからも、沖縄《おきなわ》の空手四派――那覇手《なはて》、首里手《しゅりて》、泊手《とまりて》、本部御殿手《もとぶうどんて》――を学び、同時に、沖縄の地において、六尺棒術を学んだ。棒に続き、釵《さい》、トンファー、ヌンチャクの技法を本土に持ち帰り、技を練った。

神道夢想流《しんとうむそう》の杖に興味を持ち、一時期は、狂気のごとく杖を振るった。

晩年、開祖は、それらの武芸を、ひとつの体系にまとめ上げたのだった。徒手《としゅ》で始まり、棒を学び、次第に短く小さい特殊武器へと移ってゆき、最終的にはまた徒手にもどるという体系だ。

『不動流』は、古武術の体系を持っているが、歴史的に言うと古武術とは言えない。

拳法・柔術・空手いずれの要素も加味されているが、そのどれにも偏《かたよ》っていない。

武器・得物《えもの》を使う習練もする。

古武道の世界ではごく一般的だったが、近代武道ではほとんど見うけられなくなった形式――それが『不動流』の形式なのだ。

二代目宗家は、開祖の技を受け継ぎ、三代目の長尾高久はさらに『不動流』を発展させようという志《こころざし》を持っていた。

近代武術はたしかにスピードアップされた。そのうえ、日本人よりも体格がはるかにいい外国人が、熱心に柔道や空手に取り組み始めた。

そのなかで、『不動流』は、常に実戦的であるべきだ——当代宗家の長尾高久はそう考えていたのだ。

長尾高久が杖を振るたびに、鋭く空気を切る音が聞こえた。

杖を振り降ろしたと思うと、すぐに跳《は》ね上げ、逆の端が切っ先となって、仮想の敵の眼をえぐる。

その動きがぴたりと止まった。

長尾高久は、そのままの姿勢で首だけ巡《めぐ》らせた。彼の眼は道場の出入口を見つめている。

薄暗がりのなかで、その眼はぎらぎらと輝いていた。

「愚か者ども……」

長尾高久はうめくようにつぶやいた。

とたんに、出入口の戸が開き、数人の影がなだれ込んで来た。

「遅いわね、お父さん」

長尾高久の娘・久遠《くおん》が台所から居間の卓袱台《ちゃぶだい》に食器を運びながら、嘉納飛鳥《かのうあすか》に言った。

飛鳥は、四人分の食器を並べながら答えた。

「もう……。先生が何か始めると夢中になって、時間が経《た》つのを忘れちゃうんだから……」

久遠は唇を咬《か》んで、飛鳥を見てうなずいた。

長尾久遠は、まだ高校生だった。高久のひとり娘で、涼しい眼をしたたいへん美しい少女だ。

前髪を眉《まゆ》のあたりできれいに切りそろえ、あとの髪は長く背に垂らしている。黒く艶《つや》やかな髪だ。

長尾高久の妻――つまり久遠の母は、久遠がまだ小学生のときに亡《な》くなった。以来、あるときは久遠の母のように、あるときは姉のように支えになってくれたのが、住み込みの内弟子・嘉納飛鳥だった。

飛鳥はある日、ふらりと道場に現われた素性《すじよう》もはっきりしない女性だが、拳法に関しては天才的な閃《ひらめ》きを持っていた。

長尾高久は、その才能をおおいに見込んで内弟子にしたのだ。そして飛鳥はその期待を裏切らなかった。

嘉納飛鳥は不思議な美しさを持っている。長尾久遠が、湧《わ》き出る岩清水《いわしみず》のようなすがすがしく可憐《かれん》な美しさとすれば、飛鳥のほうは、棘《とげ》をもった花の妖《あや》しい美しさと言えた。

いつもけだるげな口調で話し、何事にも熱心な様子を見せない。

武術の練習も、汗まみれになって懸命に励《はげ》むというのではない。しかし、じつに要点をうまくつかんで、たちまち上達してしまうのだ。

努力していないわけではなく、本人の努力が外に現われないタイプなのだ。

そして、彼女は年齢不詳だった。

内弟子になって七年経つが、彼女はまったく変わらなかった。

ひどく大人びた仕草《しぐさ》や眼つきをすることもあれば、子供のような表情をすることもある。

肌はきめ細《こま》かく艶やかで、シミやしわもない。服装によっては十代で通用しそうだし、
反面、ちゃんとメイクアップしてドレスをまとえば、たちまち夜の街にとけ込んでしまいそうだった。

そんな彼女にいつも面食《めんく》らう思いをさせられているのが、もうひとりの内弟子・ポール・ジャクソンだった。

彼はふたりの女性に言った。

「僕が道場へ行って見てきましょうか?」

子音を強く発音する西欧人訛《なま》りの日本語だが、たいへん流暢《りゅうちょう》だった。

彼は、アメリカのフルコンタクト空手の選手だったが、ニンジャに憧《あこが》れ、単身日本へ渡って来たという変わり者の青年だ。

アメリカ・メーン州ポートランド出身で、ニューヨークで日本語を学んだ。

その後、日本の主《おも》だった地方を流れて、空手諸派や古武術の師を訪ね歩き、ついに『不

動流』に出会ったのだった。

ポール・ジャクソンは『不動流』の合理性と奥深さにいっぺんで惚《ほ》れ込み、内弟子となることを決意したのだった。

立ち上がりかけたジャクソンを制して久遠が言った。

「いいわ。あたしが行ってくる」

「ミイラ取りがミイラになっちゃだめよ」

飛鳥がどうでもいい、といった口調で言った。

「久遠ちゃんだって、先生のこと言えた性格じゃないんですからね」

「だいじょうぶよ。何よりもおなかがすいてるもん。早く夕ごはんにしたいわ」

元気よく久遠が立ち上がると、ふわりとスカートと長い髪が揺れ、石鹸《せっけん》とシャンプーの匂いがした。

相手は五人だった。

手に短刀を持っている。一般にドスと呼ばれる暴力団の得意な得物だ。

五人は、ぱっと長尾高久を取り囲んだ。

ドスの刃が、薄明かりのなかで冴《さ》えざえと光っている。

腰のあたりを寒くさせる光り方だ。

相手は長尾高久の腕を知っているらしく、うかつには近づこうとしない。

長尾高久が言った。

「光り物を向けられたからには手加減などせん。そう覚悟するがいい」

長尾高久は、杖《じょう》の両端を持ってそれを腹のあたりに置き、半身《はんみ》になっていた。足は、いわゆる『レの字立ち』という自然体《しぜんたい》だ。

ひとりが、大声を上げて突っ込んで来た。ドスの柄尻《つかじり》に左手をあて、さらにそれを腹に固定している。

ドスの刃は上を向いている。一撃必殺を狙《ねら》った突進だ。

長尾高久は、わずかに右足を開き、猫足《ねこあし》と後屈《こうくつ》の中間のような立ち方になった。

そうすると、体が開いてドスを避ける形になった。

同時に、右手が杖の上を滑《すべ》った。左手で鋭くしごき出したのだ。一般には『貫《ぬ》く』と言う。

貫かれた杖は突進して来た男の左眼をえぐった。ショックで男は、声も出さず気を失った。

間髪《かんはつ》を容れず、うしろから同様に突いて来た。

長尾高久は、前になっている足を引き、交差立ちになると同時に、持っていた杖をそのまま後方に突き出した。

眼を突いたのと逆の一端が、下方から相手の喉を突き上げていた。

相手は不気味な声を上げて、その場で止まった。

長尾高久は、そのまま杖を後方へ貫いた。軟骨がつぶれる感触が伝わってきた。気管をつぶしたのだ。

軟骨をつぶされた気管は、粘液で貼《は》りついてしまって空気の入路が絶たれてしまう。気管切開をしないと絶対に助からない。

「無駄なことだ」

長尾高久は言った。「死人が増えるだけだ」

彼の眼は異様な光り方をしていた。

どんなに高潔そうに見える武術者でも、修羅場《しゅらば》となれば、野獣が牙《きば》を剝《む》くように、情け容赦《ようしゃ》ない残忍さを露《あら》わにするものだ。

生死のやりとりに、武芸者は心の昂《たかぶ》りを覚える。それは恐怖と紙一重《かみひとえ》の不可思議な興奮状態だ。

鬼神が乗り移った状態とよく言われる。もはや今の長尾高久を止められる者はおそらくいないだろう。

一流の武術家は常に平常心を保つ、などと言うが、そんなことはあり得ない。人である限り、殺されそうになれば全身が凍《こお》りつくような恐怖を覚え、人を殺してしまえば、一種異様な衝撃を感じる。

その動揺を、自分の味方にできるかできないかで、一流の武芸者かそうでないかが決まるのだ。

長尾高久は、すっと姿勢を高くした。

杖の両端を手で隠すように持ち、それを頭上《ずじょう》にかかげる。『鳥居《とりい》構え』と言われる構えで、剣で言えば最上段――『火《ひ》の位《くらい》』だ。

長尾高久はあくまでも強気で敵に挑《いど》んだ。顔には笑いさえ浮かんでいる。

彼はそれほど高揚していた。


「変だわ……」

久遠は声にしてそうつぶやいた。

道場と母屋《おもや》は別棟《べつむね》になっている。もともと古い農家を買取り、改造したのだ。

道場は、もとは納屋《なや》だった。その道場から、たしかに父のものとは違う大声が聞こえたのだった。

「気合い」と呼べる声ではなかった。ただの叫び声だ。

気合いというのは文字どおり、気に合わせて声を発することだ。

「えい」という気合いは「鋭」と書き、鋭《するど》く相手を圧倒するときに使う。

「やー」という気合いは「八」と書き、八方に気を発して、敵を蹴散《けち》らす場合のものだ。

「とう」という気合いは「倒」と書き、相手にとどめを刺し、勝負を決める際に使う。

初心者は腹の底から大声を出すが、熟達するにつれ、大きな声を出さなくても気走《きばし》りするようになる。

さらに達人は、無言で気を発するようになるのだ。

長尾高久が稽古《けいこ》するときには、滅多《めった》に声を出さないのだった。

さらに、久遠は複数の人間の足音を聞いた。

熱心な門弟が稽古にやって来たのかしら——久遠はふと考えたが、すぐにそうでないことがわかった。

道場からきわめて陰惨な雰囲気が感じられたのだ。

彼女は用心深く、格子のはまった窓から中の様子をうかがった。

とたんに息を呑《の》んだ。おそろしい父の姿があった。

ときに、稽古では厳しい一面を見せることがある。そのときも、父をおそろしいと感じるが、今はまったく異質のおそろしさだった。

父の全身から火炎が立ち昇っているように見えた。両眼は野獣のようにぎらぎらと光り、頬には残忍な笑いが刻《きざ》まれている。

杖を鳥居《とりい》構えに構えて、すさまじい闘気で敵を圧倒している。

敵は五人おり、すでにふたりは床に倒れて動かなくなっていた。

飛鳥とジャクソンを呼びに行くべきだ——久遠はそう思った。しかし、彼女はその場から動けなくなっていた。

父の姿から眼をはなせないのだ。

それは久遠が初めて見る父親の姿だった。久遠はもはや何も考えていなかった。ただ、父親の仁王《におう》のようなすさまじい姿を見つめているだけだった。

ふたりが、高久の前後を固めていた。

ひとりは、やや離れて戦いを見守っているように見える。

高久はそのひとりが妙に気になっていた。

前後のふたりが同時に突進して来た。ドスを腹のところに構えている。無謀な攻撃だが、相手を殺す確率は高い。

長尾高久は、横に身を投げ出した。倒れながら、後方から来た相手の足を、両足ではさんでひねっていた。

後方から突いて来た相手は、うつぶせに倒れた。あやうく、自分のドスで自分を刺すところだった。

前方から突っ込んで来た相手も、倒れた仲間の体に足を取られ、つんのめった。

前のめりになった男の顎《あご》に、真下から杖が突き上がって来た。

長尾高久は、倒れたままの状態から、杖を貫《ぬ》いたのだった。

顎《あご》の骨がくだけ、男はそのまま、がくんと仲間の体の上に崩れ落ちた。下敷きになった男はあわてて、おおいかぶさってきた男の体を払いのけて立ち上がった。

そのときにはすでに長尾高久は立ち上がって、杖の両端を持ち、中段に構えていた。

立ち上がった男は、長尾高久の眼光にたじろいだ。

高久は、にやりと笑って相手の水月《すいげつ》のツボ——鳩尾《みぞおち》の急所を、深々と貫《ぬ》いた。

水月への一撃は、ボクシングのボディブロウと同じようなものと考えられがちだが、まったく違った技法だ。

ちょうど鳩尾の、胸骨がとぎれたあたりには太陽神経叢《たいようしんけいそう》と呼ばれる神経の集合点がある。

その太陽神経叢に刺激を与えるのが、水月のツボを突く目的なのだ。

したがって突く強弱によって、即座に気絶させることもできるし、殺すこともできる。

長尾高久はこのとき、気絶させるにとどめた。

すでに、ふたり殺しているかもしれない。残りは生かしておいて死体の始末でもさせよう。

五人のうち四人までを倒した高久の心には、そう考える余裕が生じ始めていた。

残るはひとり。

だが、その心の余裕が裏目に出た。それは油断となったのだ。

最後のひとりに対して長尾高久は半身になって向かい合っていた。

その男は、ドスを捨てた。長尾高久は、それを戦意の喪失と見た。

高久の眼から闘気が失《う》せた。次の瞬間、男はジャケットのすそを勢いよく跳《は》ね上げた。

右手が次に現われたときには、スミス・アンド・ウェッスンのチーフスペシャルが握られていた。

男は続けざまに二連射した。

三八口径の弾丸が長尾高久の胸に命中した。至近距離から撃たれたので、高久の体はバネじかけの人形のように弾《はじ》き飛ばされた。

男は、素早くリボルバーをヒップホルスターにもどした。行動に淀《よど》みがなかった。男の射撃のスタイルは、ＦＢＩのコンバット・シューティングのマニュアルに沿ったものだった。

彼は落ちていたドスを拾うと、倒れている長尾高久のところまで落ち着いた足取りで歩いて行った。

男は、もはや動かなくなっている高久の心臓めがけて、肋骨《ろっこつ》の下からドスをすべり込ませた。さらに、そのドスをえぐる。血が噴《ふ》き出した。

男は、ぱっと飛び退《の》いて血しぶきが降りかかるのを避けた。

彼だけは少なくともプロフェッショナルだった。

2

長尾久遠は、あまりのことに声も出せずにいた。

精いっぱい大きな声で叫びたかった。しかし、声も出なければ手足も動かない。

父親が銃で撃たれた瞬間には、何が起こったのかわからなかった。

正確に言うと、照らし合わせるべき経験の記憶がなかったのだ。何が起こったのかは理屈では理解していたが、自分自身でそれを認識することを拒否していた。

父親が見えない巨人の蹴りを食らったように後方に吹っ飛び、仰向けに倒れたとき、久遠は現実を受け入れざるを得なくなった。

じわじわと広がっていく父親の血溜《ちだま》りが、取りかえしのつかない出来事を象徴していて、ただ悲しかった。

そして、男が父親の胸にドスを突き刺したとたん、久遠の心に一枚、フィルターがかかった。その現実を、もはや受け入れることはできなくなったのだった。

男がドスをえぐり、父親の血が噴き出した瞬間に、久遠の意識ははじけ飛んだ。

彼女自身の心が自分を守るために、一切の現実的な意識をはじき出してしまったのだ。

もはや彼女は、何も見てはいないし、何も聞いてはいなかった。

その間、男は冷静に、顎を割られ気を失っている男と、鳩尾を突かれて倒れている男を叩き起こした。

あとのふたりは助かりそうになかった。

三人は、その人形のようにぐったりしたふたりの体をかつぎ上げようとしていた。

母屋の方からふたつの足音が聞こえた。

「お嬢さん、どうしましたか？」

ジャクソンの声がした。

ポール・ジャンクソンと嘉納飛鳥は、銃声を聞いてあわてて飛んで来たのだ。

高久を撃った男は、はっと窓の方を向いた。

彼はそこに久遠の顔を見つけた。眼が合った——そう彼は思った。

だが、じつは久遠にはその男の顔など見えてはいなかった。たしかに彼の顔は久遠の網膜に像を結び、視神経を伝わってその像は脳に伝えられた。

しかし、顕在意識がそれを拒否したため、潜在意識の深く暗い淵《ふち》のなかに、すぐさま投げ込まれてしまったのだ。

男にそんな事情はわからない。

彼は彼のルールに従うだけだった。銃を抜いて久遠の方へ向ける。

ジャクソンが、何ごとかと久遠の隣りから窓の中をのぞき込む。

ジャクソンの判断力はすばらしかった。銃を見た瞬間に、彼は久遠にタックルした。

男がトリガーを引いたのとほとんど同時だった。

銃声を聞いて、嘉納飛鳥も反射的に地面に伏せた。

道場の出口から男たちが逃げて行くのがわかった。

「くそっ」

ジャクソンが立ち上がって連中を追いかけようとした。

「およしなさい」

飛鳥の落ち着きはらった声が、闇の中から聞こえて来た。「むこうは銃を持っているのよ」

「しかし……」

ほどなく、かなり離れた場所で車のエンジンがかかる音がした。

やって来るときは、ほとんどアイドリングに近いほどエンジンの回転数を落とし、ゆっくりと近づいて来たのだろう。そのために、誰も車がそばに来たことに気づかなかったのだ。

車が走り去る音がして、ジャクソンは初めて立ち上がった。

その脇をすり抜けるようにして、飛鳥が道場の出入口へ急いだ。

ジャクソンはそのあとを追った。久遠は、地面に倒れたままだった。

飛鳥は血まみれの長尾高久を見て、立ち尽くしていた。

ジャクソンは大声で叫んだ。

「なんという神《オー・マイ・ゴッド》ことだ！」

ジャクソンが長尾高久の遺体に飛びつこうとした。

飛鳥は、その襟首《えりくび》をつかまえた。

ジャクソンは、しゃにむにそれを振りほどこうとした。

飛鳥はかぶりを振って溜《た》め息《いき》を吐《つ》き、ジャクソンの膝《ひざ》のうしろを蹴り降ろした。同時に襟を引く。

ジャクソンは、簡単にひっくり返った。

「何をする！」

ている。ジャクソンは薄暗がりでもはっきりわかるほど、顔を赤く染めていた。目には涙をため

「それはこっちの台詞《せりふ》よ」

飛鳥は言った。「先生はすでに事切《こと》れておいでよ」

「コトキレ……?」

「死んじゃってるってこと。あんたは今、殺人現場をめちゃくちゃにしようとしたのよ。せっかく現場が事件の起こったままになっているのに、それぶちこわそうというの? そんなことをしたら、大切な証拠や手掛かりがなくなってしまうかもしれないでしょ?」

ジャクソンは茫然《ぼうぜん》と飛鳥を見つめていた。すでに興奮は醒《さ》めたようだった。

飛鳥が問い返した。

「何よ、その顔?」

「あなた、口惜《くや》しくないのですか? 悲しくないのですか?」

「口惜しいわよ。悲しいわよ。だから何だっていうの? 泣いたって、わめいたって、先生は生き返らないでしょう」

飛鳥はふと気づいて、尋ねた。「あんた、大切なお嬢さんはどうしたのよ」

ジャクソンはうしろを振り返った。彼は、久遠が当然自分たちのあとについて来ているものと思っていたのだ。

ジャクソンは、あわてて窓のところへ戻った。

久遠は地面に倒れたままでいた。

「お嬢さん」

ジャクソンは駆け寄り、ひざまずいた。そのままどうしたものか躊躇《ちゅうちょ》していたが、決心したように彼は久遠を抱き起こした。

ジャクソンは、一度、はっと手を離した。

久遠が宙を見つめていることに気がついたのだ。

「お嬢さん、いったいどうなさったのです」

ジャクソンはいたわるように囁《ささや》きかけた。

まったく反応はなかった。

ジャクソンは眉《まゆ》を寄せ、久遠の様子を観察した。久遠は、ジャクソンに助け起こされたままの姿勢で地面の上に坐《すわ》り、ただ宙の一点を見つめている。

ジャクソンは、そっと久遠の両肩に手を載《の》せ、静かに揺すった。人形を動かしているような感じだった。

「どうしたの」

うしろから飛鳥の声がして、ジャクソンは振り返った。

「お嬢さんの様子がおかしいです」

「どいて……」

ジャクソンは立ち上がり、場所をゆずった。飛鳥は、片膝を突き、久遠の顔をのぞき込んだ。

彼女は久遠の顔を両手で包み、自分の方を向かせた。眼を見る。光が失《う》せていた。

飛鳥は小さく舌打ちしてから、久遠の頬を張った。

ジャクソンは驚いたが、すぐにそれが一種のショック療法であることに気づいた。

戦場で完全に精神のバランスを欠いてしまった新兵に対して、上官がよくほどこす処置だった。

久遠の眼に、一瞬驚きの光が見えた。しかし、すぐに暗く閉ざされてしまった。

「どうなってしまったのです?」

ジャクソンが尋ねた。

「現実からの逃避よ。それも重症のね……」

飛鳥は久遠の両手を取って立ち上がった。久遠も立ち上がった。

その行動には、どこといって異様なところは見られなかった。

「ジャクソン」

飛鳥が命じた。「警察と救急車を呼ぶのよ」

「わかりました」

飛鳥は久遠の肩を抱くようにして、母屋《おもや》に向かった。

ジャクソンはそのあとに続き、飛鳥が久遠を、久遠の部屋に連れて行くのを見定めてから、一一〇番に電話をした。

静かだった『不動流』道場の周囲は、急に殺伐《さつばつ》とした騒々しさに包まれ始めた。

パトカーがサイレンを鳴らしてやって来る。救急車が横づけされる。

パトカーの窓から、無線の乾いた声がひっきりなしに流れ出ている。

救急車とパトカーの回転灯が、道場や母屋の壁に不吉な感じの赤い光を投げかけた。

近所の農家の住民や商店の家族たちが何ごとかと近づいて来て、ささやかながら人垣を作り始めた。

付近の駐在の警官が、住民たちを整理している。

彼と顔見知りの住民たちは、何が起こったのか、と尋ねた。

「知らん」「何も発表されていない」を繰り返していた駐在も、ついに根負けして、そっと言った。

「ここの先生が殺されたそうだ」

その一言で騒ぎはさらに大きくなった。

野次馬の中のひとりが、知り合いの門弟に電話をかけてしまったのだった。

刑事たちが到着するまでに、人だかりは倍にふくれ上がっていた。

野次馬の整理に制服警官がさらに二名駆り出される羽目になった。

現場の保存と記録には、紺色の出動服と略帽をかぶった警官が当たっている。薄暗い道場のなかで、何度もまばゆいストロボが光った。

刑事のひとりは、署外活動系の無線受令機のイヤホンを付け直してつぶやいた。

「ひでえな、おい」

彼はいつもの習慣で、合掌してから長尾高久の遺体を調べ始めた。

同僚のひとりが言った。

「この人は、本当にさむらいだったんだなあ……」

彼も同様に受令機のイヤホンを耳に付けている。

「なぜだ？」

「気づかんのか？」

言われて刑事はなるほどと思った。

人間は死の瞬間に、括約筋《かつやくきん》がゆるんで、糞尿《ふんにょう》を垂れ流すものだ。たいていの殺人現場は血と糞尿の異臭に満ちているのだ。

しかし、ここではその不潔な臭いがしなかったのだ。

「さむらいってのはそんなもんなのか？」

「切腹したとき、クソ、ションベンを垂れ流したなんて話、聞いたことあるか？」

「話ってのは美化されて伝わるもんだ。この先生だって、たまたま一日の稽古のあとで腹も膀胱《ぼうこう》も空《から》っぽだったのかもしれない」

「ま、そうかもしれん」

「棒を握ってるな」

「杖《じょう》というんだよ。先端に血がついているだろう。少なくとも相手にもけがをさせているということだ。向こうに、血痕《けっこん》がある」

「弾《たま》は？」

「貫通している。今探している最中だが、たぶん三八口径か四五口径だな……」

「正直に言っていいか？」

「何だ？」

「俺はこんな派手な事件《やま》は初めてのような気がする」

「ここいらの景色のせいだろう。署に帰ればそうでもなかったと気づくさ。母屋のほうにここの内弟子と、このホトケさんの娘がいる。会ってくるといい」

刑事はうなずいてその場を離れ、母屋へ向かった。

別の刑事がいて、何やら女と言い争っている様子だった。

彼は、歩を早めた。話が聞こえて来た。

「会っても無駄だって言ってんのよ、わかんないわねえ」

「無駄かどうかはこっちが判断することだ。とにかく、話を聞かなきゃどうにもならん」

「だから、話ができる状態じゃないと言っているでしょう」

刑事は声をかけた。

「いったい、どうしたんだ」

女と話していた刑事が振り返った。

「モッちゃんか……。マル被《ひ》の娘さんに会わせてくれって頼んでるんだがね、このお嬢さんがだめだと言うんだ。こいつは捜査妨害だぜ」

同僚に言われて、彼は相手の女性を見た。その美しさに驚いた。

刑事は言った。

「望月《もちづき》といいます」

彼は手帳を出し、さらに名刺を差し出した。「ええと……、お名前は?」

「嘉納飛鳥」

「ここの内弟子さんだ」

同僚の刑事が補《おぎな》って言った。望月はうなずいてから、また飛鳥の方を向いた。

「さきほど、会っても無駄だとおっしゃってましたね。こちらの娘さんの話ですね。どういうことなんです?」

飛鳥は面倒くさげにすら聞こえる、けだるげな口調で言った。

「ひどい心理的なショックを受けてしまったの。口がきける状態じゃないわけよ。今、あの娘《こ》に必要なのは警察の尋問じゃないの。専門医の治療よ」

「わかります」

「わかったなら、早く救急車に乗せてあげてちょうだい」

「しかし、私たちにもやるべきことがあるのです。ショックを受けておられるのはわかります。だが、私たちはできるだけ新しい情報をかき集めねばならないのです。確かに一刻も早く専門医に診《み》せるべきでしょう。だが、心理的な問題に関しては、私ども刑事もプロなのですよ」

飛鳥はあらためて名刺を見た。肩書きは部長刑事――つまり、巡査部長の階級の刑事ということだ。名は望月杉男《すぎお》といった。

飛鳥は言った。

「警部さんあたりに来ていただきたいわね」

飛鳥と言い合っていた刑事が怒鳴った。

「ばかを言うな。県警で警部といやあ、警察署次長か、悪くても課長サンだぜ」

望月が同僚を制して言った。

「そういうことです。私らキャリア組と違いますから、警部など雲の上の人みたいなもんなんですよ」

「冗談よ」

飛鳥が言った。「こちらの刑事さんは頭が固いのね」

望月が答えた。

「そういう実直さが、われわれの仕事では何より大切なのです」

「わかったわ。いくら口で言ってもも理解してもらえないようね。お嬢さんに会っていただくことにするわ」

飛鳥は母屋の玄関へ入り、三和土《たたき》から廊下へ上がった。

望月部長刑事ともうひとりの刑事がそれに続いた。

望月部長刑事はヒステリックに泣きじゃくっている少女か、あるいは完全に自分を失って放心状態になっている少女の姿を想像していた。

どちらの想像もはずれていた。

長尾久遠は、自分の部屋で正座をしていた。六畳間に勉強机と本棚、チェストが置かれている。

チェストの上には鏡があり、その前にローションやクリーム、口紅などのわずかな化粧品が置かれていた。

ベッドはなく布団《ふとん》を使っているのだった。カーペットも敷いていない。畳をそのままで使っている。

今どき珍しい古風な娘のようだ、と望月は思った。

「失礼します」

望月は部屋に入って畳に正座した。同僚の刑事もそれに倣《なら》った。

最後に飛鳥が部屋に入り、襖《ふすま》を閉めた。彼女は襖のすぐそばに、静かに坐った。

望月は、長尾久遠の清楚《せいそ》な美しさに、またしても驚いてしまった。

そして彼は、久遠のあまりに穏《おだ》やかな表情に面食《めんく》らっていた。

久遠は、背を伸ばし、膝の上で両手をそろえ、まっすぐに望月の方を見ている。人形を見ているようだと望月は思った。

彼は久遠に向かって言った。

「悲しみはお察しします。でも、できるだけ早くお話をうかがったほうが、お父さんをあんな目にあわせた犯人を早くつかまえることができるのです。どんなことが手掛かりになるかわからないのです。協力していただけますね？」

久遠の表情にまったく変化はなかった。静かに穏やかに望月を見つめている。

狂気はまったく感じられない。ただ、ひどく透明な感じがした。

望月は同僚と顔を見合わせ、それから飛鳥の顔を見た。

飛鳥がうなずいた。

「これで、あたしの言っていたことがおわかりになったでしょう？」

望月が尋ねた。

「誰が話しかけても、こうなのですか」

「同じですわ」

「職業柄、精神的ショックを受けた人は見慣れていますが、こういうのは初めて見ました。いったいどうなってしまったのでしょう……」

「尋問のプロも、これじゃお手上げでしょう？」

「認めざるを得ませんな……」

「病院へ連れて行ってよろしいかしら？」

望月はもう一度、同僚の顔を見た。

仲間の刑事は、渋い顔で小さくうなずいた。

望月は飛鳥に言った。

「事情はよくわかりました。けっこうです」

望月は立ち上がった。もうひとりの刑事も立ち上がる。

飛鳥は坐ったまま座をずらし、襖を開けた。

望月には、その仕草がひどく美しいものに感じられた。

ふたりの刑事は外へ出た。

ややあって、長尾久遠が飛鳥に付き添われて救急車へ向かうのが見えた。

望月は、しばし仕事を忘れ、ふたりの美しい女性に見とれていた。

3

望月はポール・ジャクソンを見て、片言《かたこと》の英語で話しかけた。

「だいじょうぶです」

ジャクソンは言った。「日本語を話せますから」

望月部長刑事はほっとした。英語では尋問にならないな、と内心あきらめていたのだ。

「お名前と年齢を教えていただけますか?」

望月は手帳を開いて言った。

「ポール・ジャクソン。二十五歳です」

「国籍は？」

「アメリカ合衆国です」

「……それで、この道場に、内弟子として住んでおられるわけですね」

「そうです」

「起こったことを、順を追って話していただけますか？」

「銃声が聞こえました。僕とアスカは、外へ駆け出しました……。アスカは知っていますか？」

「ええ……。美しい方ですね」

「だが、僕より強い」

「本当ですか？」

「本当です。武道はパワーや体格だけではありません。僕が『不動流』を学ぶ理由はそこにあります」

「……それで、外へ出てから、あなた方ふたりはどうしました？」

「僕はお嬢さんが、道場の窓から中をのぞいているのを見ました」

彼はそれからのことを正確に話した。

望月は、刑事特有の鋭い眼差《まなざ》しをジャクソンに向けた。

「犯人は車で逃げたわけですね？」

「そうです」

「相手が何人だったかわかりませんか?」

「さあ……。僕が窓から道場の中をのぞいたのはほんの一瞬ですから……。でも三人以上いたのはたしかです」

「犯人について、何か心当たりはありませんか?」

「心当たり?」

「その……。例えば、人に怨《うら》まれていたとか……。何かこじれた問題があったとか……」

ポール・ジャクソンは、憤《いきどお》りの表情で望月部長刑事を睨《にら》んだ。

「先生は人に怨まれるような人ではありません」

「そう」

望月はまったく気にしない様子で言った。「被害に遭われた方の周囲の人々はたいていそうおっしゃいます。しかし、調べが進むうちにそうでもない、ということがわかってくるのですよ」

「たいへん不愉快な言い方に聞こえるのですが……?」

ポール・ジャクソンは、一八〇センチ、九〇キロ、の筋肉の塊《かたまり》のような体格をしている。

一方、望月は、一七二センチ、六〇キロと、それほどたくましいほうではない。

ジャクソンは威嚇《いかく》するように胸を反《そ》らし、筋肉を強調した。

望月は相手の意図《いと》に気づき、刑事独特の眼で、ジャクソンを睨み返してやった。刑事は質問や尋問の際に、けっして相手に気圧《けお》されてはならないのだ。

望月の眼光は効きめがあった。

ジャクソンは思わず眼をそらしてしまった。すかさず望月が言った。

「不愉快なことかもしれません。でも、人間はたいてい、いくつかの醜《みにく》い面を隠しながら生きているものです。例えば女性関係です」

「先生は武道一筋の方でした。女性のことで、もめるはずはありません」

「たしか六年前に奥様を亡くされてますね。それから、女性とのお付き合いは一切なかったと言われるのですか？」

「ありませんでした」

ジャクソンはきっぱりと首を横に振った。

望月はふと、嘉納飛鳥と長尾高久の関係を想像した。

しかし、それを口に出しはしなかった。職業柄、人に嫌われるのには慣れていたが、わざわざ自分から嫌われるような発言をする必要はないと彼は考えた。

嘉納飛鳥と長尾高久の関係は、あとからいくらでも調べられることだ。

望月は話題を変えた。

「道場破りとか、他流試合といったようなことは、今でもたまにあると聞いたことがありますが？」

「『不動流』は新興流派です。新興流派に対して、伝統的な流派はある特別な感情を抱くものです」

「ある特別な感情……。例えば、生意気なやつらだ、といったような……？」

「まあ、そうですね」

「つまり、そういう連中が、たまに道場へやって来たということですね」

「ええ」

「そんなとき、長尾氏はどうされていましたか？」

「相手を丁寧《ていねい》にもてなしました。実際に試合をするようなことは、極力避けていました。『不動流』に試合はない。戦うときは、自分か相手が死ぬときだ――先生はそのように言われていました」

「だが、どうしても引き退《さ》がらない相手というのはいるわけでしょう」

「います」

「そういうときはどうするのですか？」

「一手《いって》指南していただくという形を取り、相手をしました。たいていは得意な杖を使われました。相手が何も持たない空手や拳法の場合は、もちろん素手で相手をしました」

「むこうは本気でかかってきたでしょう。なにせ、新興流派をへこませてやろう、くらいの気持ちでいるのでしょうから」

「先生はけっして負けませんでした。ことごとく打ち倒したのです。そうして『不動流』の名を広めていったのです」

「戦うときは、相手が死ぬか自分が死ぬか、なのでしょう」

「戦いではありません。あくまでも、稽古であると強調されていました」

「でも、道場破りにやって来て、返り討ちに遭《あ》ったほうはおもしろくはないはずですね」

「こちらの態度次第ですよ。事実、一度手合わせをした多くの人とその後、親しくお付き合いをしていました。いろいろな伝統的流派の武道家が、話をするためだけに、先生を訪ねて来たものでした」

「しかし、なかにはそうでない人もいたわけでしょう」

「ええ、まあ……」

「そういう例を覚えていますか？　何という流派の誰だったか……」

ジャクソンは緊張を顔に表わした。

「そういう連中の怨みで、先生は殺されたというのですか？」

「いえ……。そういう可能性も無視はできないというだけです。われわれは、あらゆる可能性を考えねばならないのです」

「ほとんど考えられませんね。武道の稽古で多少痛めつけられたからといって、拳銃で仕返しをするなんて……」

望月は、ジャクソンはかぶりを振った。

ジャクソンの言うことに一理あると思った。

武道家や格闘技家が拳銃を使うなどというのはたしかに考えにくい。第一、そういう人々が銃を手に入れることができるだろうか——望月はそう思った。

しかし、可能性はゼロではない。やはり、長尾高久に返り討ちに遭った人々のリストは作っておかねばならない。

望月は、そのリスト作りに協力してくれるよう、ジャクソンにたのんだ。ジャクソンはしぶしぶ承知し、記憶をたどり始めた。

「名前を言ってごらんなさい」

若い医者が、診察室の丸椅子《いす》に腰かけた長尾久遠に話しかけた。

久遠のうしろには嘉納飛鳥が立っていた。

若い医者は、わずかに顔を近づけて、もう一度言った。

「あなたの名前は？」

医者は体を引いて、腕組みをした。

久遠は、ただ穏やかな表情で医者を見返しているだけなのだ。

医者は完全に当惑していた。久遠は、見とれてしまうくらいに美しかった。だが、その美しさは、現実離れした美しさだった。

何を言われても久遠は、反応を示そうとはしなかった。

まばたきは普通にしている。立居《たちい》振舞《ふるまい》にも不自然なところはない。ただ、まったく他人とのやりとりを拒絶してしまっているのだ。

何も聞いていないし、何も見ていないようだった。

医者は言った。

「おかしいな……。こういう場合、行動障害を伴《とも》なうものなんですが、その徴候《ちょうこう》は見られないし……」

飛鳥は小さいため息を吐《つ》いた。

医者は思わず飛鳥の顔を見た。飛鳥は医者を見つめていた。

若い医者はその視線にたじろぎ、顔を赤らめた。

飛鳥は言った。

「いったいこの娘《こ》がどうなっちゃったのか、はっきり言っていただきたいわね」

医者は小さく肩をすぼめた。

「申し訳ありませんがね、僕の専門は外科なんですよ。見たところ、どこにも外傷はないし、頭を強く打った様子もない。純粋に精神的な問題だと思うんですが……」

「だったら精神科のお医者さんを呼んだらいかが……?」

「そんな……。今夜の救急患者の担当は僕なんですよ。他の医者を呼び出すわけにはいきませんよ。第一、電話したって来てくれやしませんて」

飛鳥は無表情に医者を見つめた。医者はまたどぎまぎと視線をそらし、肩をすぼめた。

彼は飛鳥の美しさに圧倒されているのだ。

「しかたがないわね……。じゃあ、外科医としての見解を聞かせていただける?」

「いいですよ」

彼は飛鳥の方に体を向けた。「さきほども言ったように、心理的な障害がある場合、たいていは、運動障害が伴なうものなのです。手足の硬直、あるいは行動過多《かた》――行動過多というのは、頭をかいたりとか、手を振ったりとか、肩をすぼめたりとか、まあそういった無意味な仕草をひんぱんに繰り返すことを言います。また、眼球の運動にも変化が現われます。これは他の脳障害でも見られる症状です。そのほか、ひどい心理的ショックを受けた場合、感情が暴走することがあります。一般的に戯画《ぎが》化される症状ですね。例えば、へらへらと笑い出したり、歌を歌い出したりといった行動を取るわけです」

「しかし、久遠の場合は……」

「はい。まったくそういう徴候は見られない。まるで人形のように反応がないことを除けば、正常な人と変わりません。精神科の専門医も、きっと同じようなことを言うでしょうね」

「つまり、一例報告ものの症例だと……?」

「おおげさに言えば、そういうことになりますね。それで、今夜はどうします？　明日の朝、精神科の診察を受けられるように予約もできますよ」

飛鳥はしばらく考えていたが、やがてきっぱりとかぶりを振った。

「今夜は家へ連れて帰りますわ。予約もけっこうです」

医者はうなずいて、カルテに走り書きを始めた。

彼は、飛鳥の方を見ずに言った。

「帰りに受付けに寄って、治療費を払って行ってください」

飛鳥は久遠の腕を取って、そっと立たせた。久遠は操《あやつ》られるように素直に立ち上がった。

久遠を見て飛鳥はこう考えていた。

（ひょっとしたら、医者の手には負えないのかもしれない。たとえ専門の精神科医や臨床心理学者でも……）

タクシーで久遠とともに帰宅した飛鳥は、まだ警官たちが、道場と母屋を往《い》き来《き》しているのに気づいた。

時計を見ると九時を過ぎていた。

飛鳥は、久遠を部屋へ連れて行き、休ませた。

居間へ行くと、望月部長刑事とポール・ジャクソンが、一枚の紙を前に、何やら話し合っているのが見えた。

ジャクソンが飛鳥を見て、ぱっと顔を輝《かがや》かせた。

「アスカ、手伝ってくれ。僕はこれ以上正確に思い出すことはできない」

飛鳥は無言で望月刑事を見つめ、説明を求めた。

望月は、長尾高久がこれまでに相手をした、道場破りや他流試合の相手のリストを作っていることを説明した。

飛鳥は、一切それについて意見を言わなかった。

彼女は黙ってジャクソンの隣りに坐り、卓袱台《ちゃぶだい》の上の紙をじっと見つめた。そして、ボールペンを手に取るなり、字の誤りを正し、不足を補った。

望月刑事とジャクソンが一時間以上もかけて作ったリストを、飛鳥はたったの三分で完全なものにしてしまった。

望月部長刑事は紙を手に取って眺めた。

飛鳥が言った。

「それは、あたしがここの弟子になってからの六年間の記録です。それ以前のことはあたしにはわかりません」

「いや、助かりました。それ以前のことについては、別途《べっと》調べることにしましょう。ところでこのリストのなかの人間で、とくに長尾高久氏に悪感情を抱いていた人など、思い当たりませんか？」

飛鳥は、望月の手から紙を抜き取り、もう一度見つめた。

彼女は紙を卓袱台《ちゃぶだい》に置くと無造作《むぞうさ》にボールペンで○印をつけていった。五人の名前に○印がつけられた。

飛鳥は、紙を逆にして、望月の方へ押しやった。彼女は一度も躊躇《ちゅうちょ》しなかったし、迷いもしなかった。

望月は眉根《まゆね》にしわを寄せて、五人の名前を見つめていた。やがて顔を上げた。

「ご意見をうかがいたいのですが……?」

「その○印のうちの誰かが、先生を撃ち殺した可能性があるかどうかということですか?」

「ええ……」

「考えにくいことですが、可能性はまったくないわけではないと思います」

「ほう……」

「刑事さん……。望月さんでしたわね……。あなたはどうお思いなのですか?」

一般に、刑事は質問をする側で、いかなる相手であっても、質問を許してはいけないのだった。

だが、望月は例外を認めることにした。彼は飛鳥の質問に答えた。

「私も、あなたとまったく同じことを考えていましたよ」

「僕にはとてもそうは思えない」

ポール・ジャクソンが言った。飛鳥はにべもなく言ってのけた。

「あんたは武道家を理想化しすぎるのよ」

「先生は理想的な武道家でした」

「そうね。でも単純なことを忘れちゃだめよ。みんながみんな、先生みたいな武道家ばかりじゃないってこと」

望月は、ふたりのやりとりを見ていたが、そのうちに道場破りのリストをたたんでポケットに入れ、立ち上がった。

「今夜はこれで失礼します」

飛鳥とジャクソンが望月を見た。望月は思い出したように付け加えた。「お嬢さんは、いかがですか……」

飛鳥が答えた。

「あのままですわ。今、部屋で休んでいる」

望月はうなずいて障子を開けた。

飛鳥が玄関まで送った。

「それじゃあ……」

望月は一礼して玄関を出て行った。

飛鳥が居間にもどると、ジャクソンがうなだれていた。

「どうしたっていうのよ、ポール」

ポール・ジャクソンは飛鳥の顔を見上げた。

「僕は恥ずかしい」

「何がよ?」

「アスカが戻って来たとき、僕はまず、お嬢さんの様子を尋ねるべきだった。だが、僕は、……」

飛鳥は無表情にポール・ジャクソンを見つめた。ジャクソンはまたうなだれてしまった。

飛鳥がほほえんだ。彼女は滅多《めった》に表情を変えることがないので、冷たい印象があるが、ほほえむとそのイメージが一変した。信じられないほどやさしい笑顔だった。

「ばかね。あんたはやるべきことをやっていただけじゃないの。お嬢さんに何かあったら、あたしのほうで黙っているわけがないでしょう。余計なことでくよくよしないの」

「でも……」

「女々《めめ》しい！」

飛鳥は微笑を消し、一喝《いっかつ》した。「付き合ってられないわ。あたし、久遠の様子を見てくるわね」

飛鳥は居間をあとにした。

ジャクソンは、小さく肩をすぼめた。彼は飛鳥といっしょに久遠の様子を見に行くことにして立ち上がった。

居間を出たジャクソンは廊下に立ち尽くしている飛鳥に気づいた。

「どうしました？」

飛鳥は廊下の先を見つめ、人差し指を唇に当てた。

ジャクソンは彼女の視線の先を追った。トイレのドアがあった。

水を流す音が聞こえ、パジャマ姿の久遠がそのドアを開けて姿を現わした。久遠は、そのまま自分の部屋へ戻って行った。

「なんだ、いつものお嬢さんに戻ってるじゃないですか」

ジャクソンが言った。

「そう思う?」

「ええ。今のお姿を見る限りでは……」

「久遠はたしかに普段と変わらない行動を取っているわ。でも、心はまったく別のところにあるのよ」

ジャクソンは飛鳥を見下ろした。「いったいどういう意味です?」

飛鳥はジャクソンの顔を見た。

「どういう意味かですって? そんなこと、あたしにわかるわけないでしょう」

ふたりは、廊下の先の久遠の部屋を見つめた。

二章　心神喪失

1

嘉納飛鳥は久遠を東京の信濃町《しなのまち》にあるK大学病院に連れて行くために、パジェロのハンドルを握り、関越《かんえつ》自動車道を走っていた。

助手席の久遠は、まっすぐにフロントガラスから前を見つめている。

飛鳥は横目で久遠をちらりと見た。

「お父さんが殺されるところを見ちゃったんだから、おかしくなるのも当然よね」

飛鳥は久遠に話しかけた。「あたしの話、聞こえていないんでしょうね。でも、これだけは言っておかなくちゃならないわ。あなたの心がどこにあるかわからないけど、いつまでもそこにいちゃだめ。戻って来て、あなたにはやるべきことがあるのよ。お父さんを殺した犯人を見つけるのよ」

飛鳥は淡々と話していたが、明らかに自分が興奮しているのを感じていた。

「先生を殺すなんて、絶対に許せない。久遠、あなただって同じ気持ちでしょ。愛する人を失う気持ちはいっしょよね。あたしは、先生が好きだったのよ。先生を殺した犯人は絶対に見つけ出すわ。そのためには、久遠に元どおりになってもらわなければならないの。犯人の顔を見たのはあなただけなんですからね」

涙で視界がぼやけそうになったが、飛鳥は強い意志の力で、浮かんで来る涙を止めてしまった。

久遠はただおだやかな眼差《まなざ》しで、フロントガラスの方を見ているだけだった。

久遠を診察した精神科の医師は、むずかしい顔で、しばらく何ごとか考えていた。

やせて背の高い五十代の紳士だった。半白《はんぱく》の髪を、きれいにそろえ、オールバックに固めていた。

白衣の下から、たいへん上品な光沢《こうたく》のあるブルーグレーのネクタイがのぞいている。

医者の名は東海林《しょうじ》といった。医学博士だった。アメリカで臨床心理学を学んだ経験もあった。

東海林博士は、ふと、飛鳥がじっと自分を見つめているのに気づいて、そちらを見た。

そして、飛鳥にうなずきかけた。

「なるほど……。変わったケースではあります。しかし、最初に彼女を診《み》た医者が言ったほど珍しい症状ではありません」

「ほう……」

飛鳥の表情には、期待も安堵《あんど》も感じられない。ただいつもと変わらず無表情だった。

「アメリカでは、ベトナム帰りの兵士たちが、精神を病《や》み、さまざまな社会問題を引き起こしました。今でも社会復帰はおろか、精神病院の個室から一歩も出られない人が大勢います。そのなかには、この久遠さんと似たような症状もいくつか見られるのです」

「強度の自閉症ということでしょうか？」

「そうです」

飛鳥は溜《た》め息を吐《つ》いた。

「久遠の症状は、いわゆるベトナムシンドロームのなかに見られる症状に似ている――そのことはわかる、と……。しかし、治療の方法はわからない……。そういうわけですか？」

「人間の精神というのはたいへんデリケートなものです。およそ、どんなことでも起こり得る。しかし、同時に一般に考えられているよりずっと強靭《きょうじん》でしかも合理的な働きをするものです」

「気休めにしか聞こえませんが」

「あなたはたいへんはっきりものを言われる方だ。だから、こちらも本当のことを申し上げやすい。そう。あなたのおっしゃるとおり、こうした重度の自閉症が完治するという保証は何もありません。しかし、われわれはまったく無力なわけでもありません。豊富な経験の蓄積を持っているのです」

「わかっていますわ。失礼な言い方に聞こえたのなら、謝《あやま》ります」

東海林博士は久遠の方を見た。「おそらく彼女は夢を見ているのでしょう」

「夢……」

「人間はよく悲しい夢を見ます。例えば親しい人が死ぬ夢……。愛する人と別れる夢……。そういう夢は、いわば予行練習なのです。夢のなかで経験することで、いざ本当にそういうことが起こったときに、衝撃が少なくなるように準備をしているわけです」

「久遠の場合の夢というのは……」

「消化しきれなかった現実をゆっくり反芻《はんすう》して、何とか受け入れようとしているのかもしれません。人間の最大の強みは慣れるということなのです」

「そんな……」

飛鳥は久遠を見た。「じゃあ彼女は、人生の最悪の場面を繰り返し見ているというのですか？　それこそ地獄じゃないですか。そんな状態で、こんな穏やかな表情をしていられると思いますか？」

「……でなければ、楽しい夢を見て心理的にバランスを取ろうとしているのかもしれませんね」

「そうあってほしいものですわ」

「しばらく入院なさることをおすすめします」

飛鳥は久遠を見た。しばらく考えていた。やがて彼女はうなずいた。

「わかりました。そうさせていただきます」


ポール・ジャクソンは、集まって来た弟子たちが宗家・長尾高久の葬儀の段取りをつける様子を、ぼんやりと眺めていた。

日本に来て四年近くになるが、身近な人間が亡《な》くなったという経験は初めてで、日本の葬儀の習慣がまるでわからなかったのだ。

年配の弟子がジャクソンのところへやって来て言った。

「通夜《つや》は、警察からご遺体が戻ってからすぐに、ということでいいですね？」

年配の弟子は、いちおう段位も上で内弟子という、宗家の近くで常に寝起きしているジャクソンの立場を考え、うかがいを立てにやって来たのだ。

「ツヤ……？」

「その……、葬式の前に、死者との別れを惜しむ夜を過ごすのです。その一夜のことを通夜というのですが……」

ジャクソンは淋しげにほほえみを浮かべ、かぶりを振って言った。

「僕にはそういったことはわかりません。おまかせしますよ」

「わかりました……。飛鳥さんはいつお戻りですか？」

「まだ決まってません。今夜、東京から連絡が入ることになっています」

「そうですか」

年配の男は一礼してジャクソンのもとから去って行った。

ジャクソンはふと思った。

これから『不動流』はどうなるのだろう。自分も飛鳥も皆伝を受けていない。

もちろんある程度の指導ならジャクソンも飛鳥もできる。通いの弟子のなかにも高段者はいる。

しかし、宗家というのは高段者とは次元が違うのだ。

『不動流』を継ぐに値《あた》いする人間はいるのだろうか。それともこのまま『不動流』は消え去っていくのだろうか――自分が考えてもどうなるものではない。それはわかっていた。

しかしジャクソンは考えずにはいられなかった。

急に道場のほうが騒がしくなった気がして、ジャクソンは顔を上げた。

若い弟子が、ジャクソンの方に駆け寄って来た。

「何ごとです?」

ジャクソンが尋ねた。

「どうやら道場破りのようです」

「道場破り……?」

ジャクソンは眉根《まゆね》にしわを寄せてつぶやき、道場に向かって走った。

道場の中央に、墨染《すみぞ》めの法衣を来た僧が立っている。彼は、剃髪《ていはつ》こそしていないが、髪をごく短く刈《か》っており、底光りする鋭い眼で、周囲を睨《にら》んでいた。

その僧侶《そうりょ》のまわりを、七名の『不動流』門弟が囲んでいる。

ジャクソンはその場を収めようとやって来たのだが、言葉を失い立ち尽くしてしまった。

僧侶の眼光の鋭さと、全身のどこにも緊張は見られないがまったく隙《すき》がない様子に、すっかり驚いてしまったのだった。

ジャクソンは武道家として、この先どうなるかを見届けたくなった。

若い門弟が剛法《ごうほう》で攻撃をした。剛法とは、いわゆる突き蹴《け》りを用いる打突《だとつ》系の技のことだ。

『刻《きざ》み』『鉤《かぎ》突き上げ』『下段回し蹴り』を、まったくとぎれることなく発した。

『刻み』は、ボクシングでいうジャブに当たるが、決まればそれだけで相手の鼻を折り、あるいは脳震盪《のうしんとう》を起こさせることも可能だ。

前方に構えている手で素早く突き出すのだが、『不動流』の構えは、普通の拳法や空手とは逆で、効き手効き足が前にくるので、大きな破壊力を発揮できるのだ。

『鉤突き上げ』は、ボクシングのショベルフックによく似ている。

アッパーとフックの中間にあたるパンチで、人体の構造を考えた場合、たいへん合理的な突き方だ。

第一に人間の腕は、真横や真上に振るより、その中間の斜めに振り上げるほうが多くの筋肉を利用しやすくできている。

簡単に言えば、フックは、背中の筋肉を、アッパーは胸の筋肉を多く使うが、ショベルフックは、その両方の筋肉を使って打つ形になるのだ。

第二に、人体は、下からの衝撃に弱い部分が多い。顎《あご》などは、肋骨《ろっこつ》も下があいており、下からのほうがボディーはダメージを受けやすい。もっともいい例だ。

第三に、パンチはまっすぐなものより、斜めのもののほうが防ぎにくく、またよけにくい。

ただ、ショベルフックを打つためには、間合いは近くなくてはならない。『不動流』の間合いは、普通の空手や拳法より、やや近めなのでこういう技が使いやすいのだ。

『下段回し蹴り』は、膝《ひざ》上約十センチのももの外側を狙《ねら》う蹴りだ。この急所に蹴りが入ったら、まず足を引きずるはめになる。

ジャクソンは、その若い門弟の攻撃に満足した。

しかし、一瞬後、床に倒れていたのはその門弟のほうだった。

僧侶は、わずかに上体を引いた。そのとき足の位置は移動せず、体重だけが後方に移動した。そのため、空手でいう猫足と後屈の中間のような立ち方になった。

自然な動きだった。

ただそれだけで、『刻み』と『鉤突き上げ』は空を切った。

門弟が『下段回し蹴り』を出そうとした瞬間に、僧侶は再び体重を前へもどし、入《い》り身《み》になりながら掌底《しょうてい》で相手の顎を突き上げたのだ。

ひっくり返った門弟は、何をされたかわからなかったに違いない。

次に僧侶の真後ろにいた高段者が、『草薙《くさな》ぎ』という技を使った。

さっと後ろ向きになって床に伏せ、膝を曲げて、鎌で草を刈るようにふくらはぎや踵《かかと》で相手の足を払うのだ。

不意を衝《つ》けば、相手は受け身も取れず、頭を床に打ちつけることもある。

僧侶は小さく跳躍した。

腰の位置は立っている状態とほぼ同じだが、膝を高く上げ、踵を尻に付くほどにかい込んでいる。

ちょうど空手の型『平安五段《ピンアン》』に出てくる跳躍に似ている。

『草薙ぎ』を見舞った高段者の足は、床の上にむなしく弧《こ》を描いただけだった。

次の瞬間、見ている者はぞっとした。

僧侶は着地する瞬間、相手の膝関節の真上に、自分の膝を落としたように見えた。

プロレスの『ニードロップ』のような形だ。

だが、実際には、それはほとんどポーズだけで、三分《さんぶ》ほどの衝撃が加えられたに過ぎない。

本気でやっていたら、『草薙ぎ』をかけようとした門弟の膝は砕かれ、一生片足を引きずって歩かなければならなくなっていたはずだ。

僧侶が立ち上がった瞬間を狙って、三人目の門弟が開掌《かいしょう》で『刻み』を見舞った。開掌の『刻み』は二連発だった。

一般に、拳のダメージが大きく危険で、開掌は威力が小さいようなイメージがあるが、それは間違いだ。

掌底に伝わる力は、パンチより大きいとさえ言える。

さらに、相手の体を打ったとき、パンチは皮膚を裂《さ》き、骨を折るが、開掌は、相手の体内に波動を作るような働きをする。

ダメージがより深くおよぶのだ。

そのため、中国武術では開掌による打ちを重視している門派が多い。

八極拳《はっきょくけん》、形意拳《けいいけん》、陳家太極拳《ちんけたいきょくけん》いずれも、開掌をよく使う。八卦掌《はっけしょう》などはその名のとおり、すべて開掌で行なう武術だ。

また、顔を殴る場合、パンチよりも開掌のほうが脳震盪《のうしんとう》を起こさせやすい。相撲の張り手でよく脳震盪を起こすことは知られている。

『不動流』も開掌による打撃を『張り』と呼んで重視している。

特に、『張り』による『刻み』はスピードもあり、相手を翻弄《ほんろう》するにはもってこいの技だ。

しかし、この技も僧侶には通用しなかった。

半歩踏み出した僧侶は、右手で門弟の肘《ひじ》を抑《おさ》えたのだ。そのまま肘を相手の胸へ押しつけるようにする。

門弟は、腰を入れて、左の開掌を出した。僧侶は左手でその開掌を受けると、相手の両手の肘を重ねるような形で抑えつけた。

右手だけで、相手の両手を抑えている。

僧侶はにやりと笑うと、空《あ》いている左手で相手の頭を横から張った。明らかに『不動流』の『張り』と同じだった。

門弟は、そのますとんと尻もちをついた。一瞬、視界が揺れ、腰から下の力が抜けたのだった。

そこで初めてポール・ジャクソンは声を上げた。

「おやめなさい」

門弟たちは、すぐに誰の声かわかり、出入口の方を見た。

僧侶に対する包囲が解けた。

僧侶はゆっくりとジャクソンの方を見た。僧侶の鋭い眼の奥がちかちかと光っているように見えた。

危険な光だった。

彼は、ひっそりと道場の中央に立っていた。ポール・ジャクソンは彼を見つめている。

門弟たちは、そのふたりを息を潜《ひそ》めてうかがっている。

戦っているときは若く見えたとジャクソンは思っていた。こうしてあらためて見ると、四十はとうに過ぎているようにも見える。

とにかく年齢不詳の僧侶だ。

ポール・ジャクソンは、まず門弟たちに向かって言った。

「いったい何ごとです？」

その場にいた七人の門弟たちは、互いに顔を見合った。

高段者のひとりが答えた。

「道場破りですよ、ジャクソン師範……」

そこでジャクソンは、あらためて僧侶を見た。

僧侶は面白そうに言った。危険な眼の光が消えていた。

「ほう……？　青い眼の師範か……」

その声はひどくしわがれていた。

「ポール・ジャクソンといいます。道場破りというのは本当ですか？」

僧侶は真顔《まがお》に戻って問い返した。

「本当ならばどうする？」

正直に言ってジャクソンは困惑した。

昨夜、宗家を失ったばかりだ。こういった客の相手はこれまですべて長尾高久が引き受けていた。

門弟のひとりが言った。

「この坊主は、入って来るなり、こう言ったんです。三代目亡きあと『不動流』の看板を背負うに値《あた》いする者はいるか――と……」

「それで……?」

ジャクソンがその門弟の方を向いて尋ねた。

「そういうことはわれわれではわかりかねると言うと、その者はこう言ったのです。それでは自分が看板をもらい受けることになる――これは立派な道場破りではないですか」

「そう言われて、ひとりを七人で取り囲んだわけですか」

ジャクソンの声に非難の響きがあった。

かなり年上の弟子までが、そう言われて初めて居心地《いごこち》の悪そうな表情をした。

ポール・ジャクソンは、三代目・長尾高久に倣《なら》って振舞うことにした。

まず、弟子たちを下座《しもざ》へ退《ひ》かせて、僧侶を上座《かみざ》へ案内した。自分は、僧侶と相対する形で下座側に坐る。

ポール・ジャクソンは両手をつき、礼をした。

「あらためてご挨拶いたします。『不動流』師範ポール・ジャクソンです。門弟の失礼は深くお詫《わ》びいたします」

僧侶は挨拶を返した。

「白燕《びゃくえん》と申す真言《しんごん》坊主でございます」

「さきほど門弟が申していたことは本当なのでしょうか?」

「本当です。だが、少々誤解があったようで、拙僧の言葉も足りなかったと反省をしておるところです」

「誤解と申されますと……?」

「三代目が亡くなられたことを聞き、こうして駆けつけて参ったのですが、ふと『不動流』の今後について気になったわけです。果たして三代目は、『不動流』の看板を受け継ぐに値いする人間を育てていたのだろうか、と……」

「失礼ですが、なぜあなたがそのようなことを気になさるのですか?」

ジャクソンは、門弟たちがいきり立ったのも無理はないと思いながら訊《き》いた。

白燕は答えた。

「拙僧は三代目とともに、先代に『不動流』を学んだことがありましてな……」

「ほう。そうでしたか」

ジャクソンは驚いた。だが、次の言葉は、ジャクソンを、そして門弟たちをさらに驚かせた。

「拙僧は、先代から皆伝をいただいている」

2

群馬県警桐生署では、武道家・長尾高久氏殺害に関する捜査本部が開設されていた。

会議室のひとつに折りたたみ式の細長い机とパイプ椅子、それにホワイトボードなどが運び込まれた。

現場にあったさまざまな物が、ある物はビニールの袋に入れられ、ある物は荷札のような紙切れを付けられ、机の上に並べられている。

刑事課長が鑑識課からの報告を読み上げ、一同はメモを取っていた。

「発見された銃弾は三発。いずれも同一の拳銃から発射されており、口径は三八口径……。線条痕《こん》を照会したところ、今のところ前科《まえ》はないとのことだ」

捜査員たちは、一様にむっつりとした表情で話を聞いている。

課長の報告が続いた。

「マル被（被害者）が、発見時に手にしていた杖《じょう》の一端から、血液とともに、眼球のガラス体と思われる成分が検出された。マル被は殺される前に、犯人たちのひとり、あるいは何人かの眼球を突いていたということだな……」

「それって致命傷ですかね？」

若い捜査員が尋ねた。

年配の部長刑事が課長に代わって答えた。

「場合によってはね……」

「つまり、被害者は、殺される前に、犯人たちと立ち回りを演じていたというわけですね」

「そういうことになるね……」

課長は言って、鑑識からの報告書を机に放り出した。「銃の出所について、今、マル暴さんに協力を仰いでいるところだよ」

「四係ですか？」

年配の部長刑事が言った。

課長はうなずいた。

「群馬県警のマル暴担当は筋金入りだぜ。上州と言や、昔から無宿者《むしゆくもの》で有名だからな」

望月杉男部長刑事は、ぼんやりと考えごとをしていた。彼は、いつの間にか自分が嘉納飛鳥の顔を思い描いているのに気づいた。

彼は、他人に気づかれぬくらいかすかにかぶりを振っていた。

望月は課長が自分を呼んでいるのに気づいた。彼は顔を上げた。

「例の件、報告してくれないか」

課長が言った。

望月は、ジャクソンと飛鳥が作ってくれた武道家のリストを取り出した。

望月は、そのリストがどういうものかを説明してから、読み上げていった。

「道場破りね……」

年配の部長刑事が言った。「今でもあるんだねえ、そんなものが……」

「そのようです」

望月はうなずいた。

「暴力団に道場破り……」

年配の部長刑事は課長を見た。「こりゃ、妙な事件《ヤマ》ですなあ……」

「暴力団がからんでいると決まったわけじゃないでしょう」

望月の同僚が言った。

「いや……。おそらくからんでるね」

年配の部長刑事は言った。「目玉をくり抜かれるような大怪我《けが》をしていながら、病院から警察には何も報告が入ってこない。おそらく暴力団の息のかかった病院に連れ込んだに違いない。拳銃使ったり、そういう組織だった動きができるのは、暴力団と警察くらいなもんだよ」

（案外、警察が犯人だったりして……）

望月は、あやうくそれを口に出して言うところだった。

署内では、どんなに些細《ささい》な警察の批判も許されない。それが冗談であっても、絶対に笑って済まされることはないのだ。

るはずだ」

「じゃ、その怪我をした犯人というのは、発見できないということになるんですか?」

「うちの四係さんをなめちゃいけないよ。そういう変わった動きがあれば、必ず嗅《か》ぎつけるはずだ」

「へえ……」

課長は、ベテランの刑事と若い刑事のやりとりが一段落するのを待って、全員に役割を言い渡した。

課長が言った。

「スピード逮捕が、われわれにできる一番の仏さんへの供養だ。さ、かかってくれ」

一同は立ち上がった。

奈良県の大峰《おおみね》山脈の中に、大臼岳《おおうすだけ》という山がある。

大臼岳のすぐ北が、一八〇〇メートルを超《こ》える釈迦《しゃか》ヶ《が》岳《たけ》だ。

このあたりは、吉野《よしの》熊野《くまの》国立公園になっており、シイ、ブナ、ナラ、カエデなどの広葉樹林の美しい山並みが続く。

人里離れた大臼岳の山裾《すそ》に、道が開かれ、神社仏閣を思わせる大きな建物がそびえていた。

正面には山門があり、四方は高さ二メートルほどの立派な塀で囲まれている。

近代建材を使った頑丈《がんじょう》な建物だが、外見は自然の木材や瓦《かわら》を使ったように装《よそお》ってあった。

たいへん新しい建物で、まだ塗料や乾ききらないコンクリートの匂いがしていた。

寺のように見えるが、なかは三階建てのビルで、一階は天井が高くたいへん広かった。正面には、大日如来《だいにちにょらい》を描いた縦五メートル、横二メートルの大仏図が掲《かか》げてあった。

二階には一種の修行の場のような趣《おもむ》きの部屋がいくつもあった。

三階は、コンピューターをそなえた近代的な事務所があり、その奥は、たいへん豪華な個室となっていた。

事務所の奥へ続く廊下には赤い絨毯《じゅうたん》が敷きつめられており、建物の外観にまったくそぐわない権力志向的な印象があった。

広い応接室にも同じ色の絨毯が敷かれていて、ゆったりとしたソファが置かれている。

応接室を過ぎるとドアがあり、秘書室となっていた。

さらに秘書室を通り抜けるとまたドアがあり、その向こうは、一流ホテルのスイートルームのような部屋になっていた。

三つの続き部屋で、中央の部屋はオフィス、右手は寝室兼リビングで、左手には会議ができるテーブルが置かれた部屋があった。

この建物は、新興宗教『三六教《みろく》』の総本山であり、三階の一番奥にある豪華な部屋は、教祖・梅崎俊法《うめざきしゅんぽう》の居室だった。

梅崎俊法は、仏教僧ふうの法衣《ほうえ》を身に着けていた。

『三六教』は、最近の新興宗教には珍しく、仏教系だった。正確に言うと密教の流れを汲《く》んでいる。

一階の大本堂に、大日如来の仏画が掲げられているのはそのためだ。

梅崎俊法は、正式な密教僧ではなく、修験道《しゅげんどう》を修行したと言われているが、事実を知る者は少ない。

全国に二十数万人いると言われる信者は、もちろん俊法を高位の阿闍梨《あじゃり》であったと信じている。

梅崎俊法はたいへん小柄な老人だ。彼の正確な年齢を知る人間はほとんどいない。推定で七十歳前後ということになっている。

長い白髪をかき上げ、後方へ垂らしている。顔が小さく、しわだらけだが、その眼光はたいへんに鋭い。

もうひとつ、その顔にはきわだった特徴があった。

額《ひたい》に小さなこぶのような隆起があるのだ。梅崎俊法は、ラマ教ふうに、そのこぶを『第三の眼』と称していた。

ラマ教における『第三の眼』は、最高の悟りを得た者の象徴だ。

ラマ僧は『第三の眼』を得るために、独特のきびしい修行をし、その過程で、念力や透視能力など、一般に超能力と呼ばれる力を身につける。

日本仏教式に言えば『法力《ほうりき》』ということになる。

梅崎俊法は、法力によって、何人もの難病患者を救っていた。それが『三六教』の始まりだった。

その意味では、『三六教』も、新興宗教で一般的な治療宗教ということになる。

キリスト教が新興宗教であった時代、やはり治療宗教だった。イエズス・キリストは目が不自由な人に光を与え、足の不自由な人を歩かせて、民衆の心を引きつけていったのだ。『三六教』教祖・梅崎俊法はたしかに、その類《たぐい》の能力を持っていた。これは一般に思われているほど珍しいことではない。

だいたいの宗教団体の教祖は、そういった法力とか霊能力を持ち合わせているものだ。市井《しせい》の占い師や祈禱《きとう》師などのなかにも、本当に超常能力を扱っている人は多い。

梅崎俊法がとくに得意としているのは霊視《れいし》だった。

彼に言わせれば、人に憑《つ》いている祖先の霊とか、その人を守護している神仏霊がすぐにわかるということだった。

梅崎俊法は、マスコミを通じてそのような自己宣伝を繰り返した。

霊界ブームというものが起こり、彼はそのブームに乗る形となった。信徒の数はうなぎ上《のぼ》りとなり、政界、財界の大物のなかにも『三六教』に入信する者が出始めた。

そしてついに、総本山設立となったわけだ。

梅崎俊法は、また別の面でも人々に知られていた。

彼は失われていく日本の古武道を掘り起こし、再興させることに力を注いでいた。

自ら『日本武道振興会』という組織を作り、精力的に活動しているのだった。

いま、梅崎俊法は、午後の茶を飲んでいた。彼は、両袖の机を前にして坐り、何度か読んだ新聞記事を、もう一度読み返していた。

電話の柔らかな電子ベルが聞こえた。

梅崎俊法は二度ベルを聞いてから受話器を取った。

聞き慣れた秘書の声が告げた。

「東堂《とうどう》さまがおみえです」

かすかな枯れ草が風になびくような声が聞こえた。梅崎俊法の声だった。

「通しなさい」

ややあって、ドアがノックされた。

ドアが開くと、黒いスーツを着て、威圧的な金バッジをその襟につけた男が現われた。

東堂猛《たけし》という名で、もうじき四十歳になろうとしていた。

痩《や》せているが、きわめて獰猛《どうもう》なイメージがあった。

彼は広域暴力団梶井《かじい》組傘下三咲《みさき》一家の代貸《だいがし》をつとめている。同時に三咲一家では最大の武闘派である東堂組の組長でもあった。

今や暴力団と呼ばれる組織のなかでも、純然たる武闘派は少なくなりつつある。

東堂組は何でもやる、と同系列の組関係の人間たちからさえ恐れられていた。

その東堂猛が気圧《けお》されたように小さくなっていた。

梅崎俊法は新聞を指差して言った。

「銃を使ったそうだな……」

「はい」

東堂猛はやや目を伏せ、神妙にこたえた。

「私が撃ちました」

彼は直立不動の姿勢を崩そうとはしなかった。

「私はね」

きわめて聞き取りにくい声で、梅崎俊法がいった。「あの男……。長尾高久という男は、現代では稀《まれ》な本物の武芸者のひとりだと思っておったのだよ」

「はい」

「貴重な存在だった。彼の『不動流』も一流の武術だった。伝統を踏まえ、なおかつ実戦的だ」

「実戦的であることは身をもって実感いたしました。私のところの手練《てだ》れがふたり殺されました」

「ああいう立派な武道家を、ヤクザごときと同列に話してはいかんな」

「申し訳ございません」

「私は、長尾高久が惜しかった。武道の愛好家として、ぜひ付き合っていきたい人間だった」

「しかし、殺せと命じたのはこの私だ。惜しいが、他に方法がなかった」

「はい……」

「はい」

「殺し方だよ」

「はい……」

「ああいう一流の武芸者を拳銃で撃ち殺してしまうというのは、私はがまんならない……」

「申し訳ございません。……しかし、ああしなければ、われわれは全員打ち倒されていたでしょう」

俊法は、眼を上げて東堂猛を見据《みす》えた。しわだらけの小さな顔から信じがたいほどの威圧感が感じられた。

暴力団の組長が、簡単に貫目《かんめ》負けしてしまった。

東堂は言い訳したことを後悔した。

かさかさと乾いた音が聞こえ、東堂はそっと顔を上げた。その音が、梅崎俊法の笑い声であることを知って、東堂は驚いた。

俊法は言った。

「そうだろうとも。拳銃などは、所詮《しょせん》、弱い者の武器だ。まあいい、問題は今後のことだ。警察に対してどうするつもりだ?」

「そちらのほうはおまかせください」

「ヤクザ同士の抗争のときと同じ手を使うのだな」

「そういうことになると思います」

「つまり、君のところの組員に罪を着せるわけだ……」

「はい……」

「しかし、事は殺人事件だ。抗争なんぞに比べて格段に罪は重い」

「蛇《じゃ》の道は何とやらで、どうにかなります。こう見えても、私のために死んでくれるという組員が何人もいるのです」

「まあ、よかろう。血生臭《ちなまぐさ》い事件が、私の近くにおよばないようにしてくれればよい」

「心得ております。ただ……」

「ただ？　何かあるのか？」

「顔を見られました」

梅崎俊法は関心なさそうに言った。

「もうひとり殺さなければならないということか？」

「そういうことです。でなければ、事件の処理もできません。その人間は、私が長尾高久を殺したことを知っているのですから……」

「好きにするがいい。……で、誰に顔を見られた？　誰を殺そうというのだ？」

「若い娘です。おそらくは長尾高久の娘だと思います」

梅崎俊法はふと考え込む仕草をした。

「長尾高久の娘……。たしか長尾久遠という名だったな……。なるほど、生かしておいては、われわれの計画にとっても、あとあと面倒なことになるかもしれん……」

彼の言葉の後半は、ほとんどひとりごとと言ってよかった。

東堂猛は、まるで聞こえていないかのように黙っていた。

梅崎俊法は東堂を見た。

「よし、東堂。長尾久遠のことはおまえにまかせる」

「はい」

東堂は深々《ふかぶか》と礼をした。

「用がそれだけなら、退《さ》がっていい」

「失礼いたします」

東堂猛はすみやかに退出した。

梅崎俊法は、ひとりになると、再度、長尾久遠のことを考え始めた。

「小娘ひとり、どうということはないと言えばそれまでだが――」

彼はぶつぶつとひとりごとを言った。「大事《だいじ》の前の小事《しょうじ》……。おろそかにはできん……」

「久遠を入院させるわよ」

嘉納飛鳥はポール・ジャクソンに電話をかけ、相手が出るなりそう言った。

「入院……？」

　ジャクソンが言った。

「病院に寝泊まりすることよ」

「それくらい知ってます。……それで、アスカ、あなたはどうするのですか？」

「久遠をひとり残して帰るわけにいかないでしょう。あたしもしばらく東京にいるわ」

「どこに泊まるつもりですか？」

「まだ決めてないけど、どうにでもなるわよ、宿なんて」

「こっちはこっちで大変なんです」

「なあに？　葬式のこと？」

「それもありますが……。じつは、妙なお坊さんが突然現われたのです」

「あのね、ポール。葬儀に坊さんが来るのはあたりまえでしょう」

「わざわざ和歌山県《わかやま》からですか？」

「和歌山……？　何の話をしてるの？」

「その坊さんは、先代の宗家から『不動流』の皆伝をもらっていると言うのですよ」

　飛鳥は眉《まゆ》をひそめた。

「何という坊さんなの？」

「ビャクエン……。そう白燕です。たしかにそう名乗ってました」

「『不動流』の皆伝という話、本当かしらね……」

「強いことは確かです。使う技も『不動流』らしく見えました」

「誰か手合わせをしたということ？」

「最初、門弟たちが道場破りと思って、その坊さんを取り囲んだのです。あっという間に三人倒されてしまいました」

「それで、その人はまだそこにいるわけ？」

「そうなんですよ。先生亡きあとの『不動流』のことを心配している、などというようなことを言って……」

　飛鳥は唇を咬《か》んで思案する表情になった。

　ややあって彼女は言った。

「わかったわ。今夜は一度そちらへ帰ることにするわ」

「お嬢さんはだいじょうぶですか？」

「完全看護の病院ですからね。明日また面会時間までにこちらへ来るようにするわ」

「待ってますよ」

「情《なさけ》ない声出さないの、ポール。しっかりしてちょうだい」

　飛鳥は電話を切った。

3

畳の上に、色あせた一枚のお札《ふだ》のような紙が置かれていた。

その中央には、不動明王《ふどうみょうおう》を表わす梵字《ぼんじ》が書かれている。

その紙をはさんで、白燕と飛鳥が向かい合っていた。飛鳥の隣りにはポール・ジャクソンが坐っていた。

そこは、長尾高久が生前、応接用に使っていた八畳間だった。

「失礼」

飛鳥はお札を注意深く手に取った。

それはたしかに『不動流』の皆伝を示す免状だった。先代の宗家の直筆《じきひつ》で免許皆伝としたためられている。

「奥田勘介《おくだかんすけ》というのは？」

飛鳥が顔を上げて尋ねた。

「拙僧の俗名《ぞくみょう》です」

飛鳥はうなずき、免状を一八〇度回して相手に押しやった。白燕はそれを手に取り、懐《ふところ》にしまった。

八畳間の下座には、通《かよ》いの門弟の師範クラスが並んで、事の成行きをじっとうかがっていた。師範は三人いた。

「『不動流』を誰が継ぐかという問題ですが――」

飛鳥が言った。「先生は常日《つね》ごろ言われていました。名のみで実《じつ》が伝わらぬようなら、すぐに流派など絶やしてしまえ、と」

白燕はうなずいた。

「先代も同じことを申されておった……。それ故《ゆえ》に、宗家は必死に稽古《けいこ》をし、また常に工《く》夫《ふう》をおこたらなかったのでしょう」

(こいつは食えないやつだな……)

飛鳥は思った。(まったく何を考えているのかわからない……)

そして、白燕も飛鳥に対してまったく同様の感想を抱いていた。

ふたりは腹のさぐり合いをしているのだ。

「それで……?」

飛鳥はいきなり話の核心に触れた。虚《きょ》を衝《つ》いてやるつもりだった。「『不動流』はあなたが継ぐべきだとおっしゃるのですか」

事実、隣りのジャクソンは、その唐突な話の展開に驚いた。

下座にひかえている三人の師範も、思わず顔を見合っていた。

白燕の表情はまったく変わらなかった。

「問題は――」

彼は冷静な口調で言った。「『不動流』は存続できるのかどうかということです」

「できない理由はありませんわ」

飛鳥は平然と言った。「宗家には久遠さんという娘さんがいらっしゃるのです。いざとなれば、このポールと無理やり縁組みさせてでも『不動流』を継いでもらいます」

「ちょっと、アスカ……」

ポール・ジャクソンはあわてて言った。

「落ち着きなさい」

飛鳥は白燕の顔を見つめたままポール・ジャクソンをたしなめた。「例えば、の話よ」

ジャクソンは赤面したまま黙り込んだ。

白燕も飛鳥の顔を見つめている。彼はゆっくりとうなずいた。

「それだけのお覚悟があれば、拙僧が何も申し上げることはありません。一度、皆伝をいただいておきながら、仏門に入り、その後、漂泊を続け、仏法の修行に明け暮れました。『不動流』に対しては不義理ばかり働いてきたと申せましょう。今さらどうこう言えた筋合いではないのです」

飛鳥はつとめて表情を変えまいとしたが、急に相手が折れて出たので、困惑していた。

白燕は続けて言った。

「とにかく、『不動流』が絶えることだけが心配で、そしてまた、宗家の死に驚き飛んでまいっただけのこと……。お気になさらんでください」

飛鳥は、じっと白燕を見つめていたが、ふと視線を外《はず》すと、後ろにひかえていた三人の師範に言った。

「お聞きのとおりです。ここはもうけっこうですので、通夜の準備のほうをよろしくお願いします」

三人の師範は、飛鳥には逆《さか》らえなかった。

一礼すると座を外した。

障子が閉まり、三人の足音が廊下の向こうへ遠ざかると、飛鳥はあらためて白燕の顔に視線を戻した。

「さて――」

彼女は言った。「本心を聞かせていただきましょうか?」

ジャクソンが飛鳥の顔を不思議そうに見た。

白燕は、飛鳥の表情を読もうとするかのように、じっと見つめている。

どこか投げやりにも見えた飛鳥の表情が、にわかに真剣なものに変わっていた。

白燕はしばらくそのまま黙っていたが、やがてうなずいた。

「基本的には、さきほど申し上げたことに嘘《うそ》はございません。ただ、少々微妙な意味合いが違っておるのです」

「ニュアンスが違うという意味でしょうか?」

「そうです」

「どういうふうに?」

「『不動流』はけっして絶やしてはいけなかった。自然消滅するくらいなら、この白燕が看板をかっさらってでも存続させよう――こう考えて駆けつけたわけです」

飛鳥はじっと考えてから言った。

「宗家の死と関係があるのですね」

今度はジャクソンも驚かなかった。彼にも何となく話の筋が見え始めたのだった。

白燕はきっぱりとうなずいた。

「ある、と考えております」

「宗家を殺したのが誰かも知っているのですか？」

「残念ながら、直接手を下《くだ》した人間が誰であるかはわかっていません。ただ……」

「ただ……？」

飛鳥の眼が鋭く光った。いつもと違った、厳しい美しさが顔をのぞかせる。

白燕は言った。

「いや……。これはじつのところ、憶測に過ぎないのですが、おそらく、宗家を殺した連中の背後には、巨大な組織と権力の思惑《おもわく》があるはずなのです」

「巨大な組織？　権力……？」

「相手は政治力や宗教的な影響力、またあるときは金銭的な力を使ってじつにうまく立ち回ります。おそらく、今回の宗家の死とその人物をつなぐことは不可能でしょう」

「何者なのです……」

白燕は言うべきかどうか、迷っているようだった。

「言ってください」

飛鳥が言った。白燕は飛鳥とジャクソンの顔を交互に見てうなずいた。

「ただし、これはあくまで拙僧の憶測に過ぎません。その点を充分ご理解いただきたい」

「わかっています」

「相手の名は、梅崎俊法。『三六教《みろく》』という新興宗教の教祖です」

飛鳥の顔色が白っぽくなった。怒りのせいだと白燕は思った。彼女は表情を閉ざしてしまった。

白燕がその顔を見て言う。

「どうやら、名に聞き覚えがおありのようですね……」

「あります」

飛鳥はうなずいた。「梅崎俊法は『日本武道振興会』という組織の会長でもあります。日本の古武道の再興に熱心で、宗家との面識もありました」

白燕は言った。

「知っています。梅崎俊法は、宗家と『不動流』を高く評価していたと聞いております。ふたりの間に何かあったのでしょう……。宗家の死の原因はそこにあるのではないかと、拙僧は考えているのです」

「何か……？」

「梅崎俊法が『不動流』をつぶしてしまおうと考えるほどの何かです」

「どういうことなのか、よくわかりません」

ジャクソンがたまりかねたように言った。

「ふたりとも、同じ何かを知ろうとしているのに、言葉を選んで、直接それに触れまいとしているようです。僕にはその理由がわからないし、無意味なことに思えます」

飛鳥は、ポール・ジャクソンの方を向いて言った。

「言いたいことはわかるわ、ポール。白燕さんはね、あたしたちが頭に血を上《のぼ》らせて、無謀なことをしでかすんじゃないかと心配なさっているのよ」

「あなたにはかなわない」

白燕はかすかな笑いを浮かべた。飛鳥にはそれがたいへん神秘的な笑いに見えた。「そういう気持ちも、もちろんあります。だが、もっと大きな問題なのは、拙僧も確信が持てずにいるという点なのです」

「わかっていることだけでいいから話してください。でないと――」

飛鳥は言った。「あたしたち、誰に狙《ねら》われていたかも知らないうちに殺されてしまう可能性があるのです」

白燕の眼が光った。

「そこまでお考えか……？」

「当然です。もし、相手の狙いが『不動流』をつぶすことにあるならば……」

「そう。三代目宗家亡きあとも『不動流』が残っていることを知れば、『不動流』を継いだ者がまた狙われることになるでしょうな」

「だから、あたしたちは、わかる限りのことを知っておかねばなりません。違いますか?」

白燕はうなずいた。

「梅崎俊法の『日本武道振興会』というのは、彼一流の隠れ蓑《みの》のひとつだと、拙僧は考えております。俊法は、古武道家や衰退しつつある格闘術などに金銭面や政治家の後援など、さまざまな援助を行なっております。実際、彼によって再興された古武術がいくつかあります」

白燕はここで言葉を切って、飛鳥の反応をうかがった。

飛鳥が言った。

「そういう話を聞いたことがあるわ。それに裏があるというの?」

「そう。梅崎俊法は、何か個人的な大きな野望のために、そうした流派に恩を売っては、組織化しようとしているように思えてしかたがないのです」

「つまり、私的な軍団を作り上げようとしているわけね……」

「おそらくは……。俊法が援助した武道や格闘技のなかに、古武術とは明らかに一線を画《かく》する格闘空手の一派が含まれています。あまりの過激さゆえに、一時の格闘技ブームが去ったとたん、門弟が激減した流派です。そういう事実を見ても、梅崎俊法が道楽で日本の古武道の再興をうながしているのではないことがわかるでしょう」

「なるほど……」

「さらに、『三六教』には、日本で五本の指に入るほど無茶をやるので有名な暴力団が、出入りしているという噂《うわさ》があります」

「暴力団……」

飛鳥がその言葉に反応した。

白燕はうなずいた。

「はい。おそらく飛鳥さんは今、拙僧と同じ想像をしたことでしょう。三代目宗家が拳銃で撃たれたのだと新聞で読み、すぐに閃《ひらめ》きました。梅崎俊法が暴力団を動かして、三代目を襲わせた可能性はおおいにあります」

「先生が暴力団ごときに殺されたと言うのですか！」

ジャクソンがいきり立った。「ばかな！」

「銃を持っていたのですよ」

白燕は静かに言った。「まさか三代目も拳銃で撃たれるとは思わなかったでしょう」

飛鳥はあのときのことを思い出していた。そして眼を伏せたまま言った。

「ポール。あのとき、犯人は久遠に向けても一発撃ったわね」

「そうです。僕がタックルをしなければ撃たれていたでしょう」

「ということは、相手は久遠の顔を見たということね」

「暗かったですからね。どうだったか……」

「見たと考えるべきでしょうな」

白燕が言う。

飛鳥は白燕の顔を見た。

「久遠は二重の意味で危険だわ。犯人は目撃者を消さなければならない。そして、あなたの想像だと、梅崎俊法は『不動流』を継ぐ可能性のある久遠を葬《ほうむ》り去らねばならない……」

白燕はうなずいた。

「娘さんは、今、どちらに……?」

飛鳥は説明した。白燕は眉根《まゆね》を寄せた。

「自閉症……?」

「……といっても、どこか普通と違っているという程度なのですが……。生活は普通にしているのです。ただ、心が別のところにあるみたいで……。誰の言葉にも反応しようとしないのです」

白燕はしばらく考え込んでいたが、密《ひそ》かに何ごとかを決意したように言った。

「一度、拙僧もお会いしてみたいが、いかがなものでしょう……?」

「葬儀の日には、一度こちらへ連れ帰るつもりでおります。最後のお別れをさせてあげなければなりません」

「本人には、そのことがわかるのでしょうか?」

「さあ……。心のどこかにでも残ってくれることを祈るしかありません」

飛鳥はそう言ってから、座を立とうとした。

「ひとつ早急にやるべきことを思い出しました。ちょっと失礼します」

夜の八時になろうとしていたが、望月部長刑事は、捜査本部が置かれている会議室から出ようとはしなかった。

すでに帰宅した捜査員も多い。

昼間は、ジャクソンと飛鳥が作ってくれた武道家のリストを頼りに歩き回った。

しかし、そのリストに記されている武道家の住所があまりに広範囲におよんでいるので、ほとんど収穫らしい収穫は得られなかった。

リストに載っている武道家の住所を調べたら、北は東北から南は九州鹿児島までに、およんだ。

実際のところ、群馬県内に住んでいるのはたった三人で、その三人を訪ねたに過ぎなかった。

その三人は、飛鳥がチェックした五人のなかには入っていなかった。

気楽《きらく》流柔術、荒木《あらき》流拳法、それに念《ねん》流剣術の流れを汲む三人で、話を聞いたところ、いずれも長尾高久の死を非常に残念がっていた。

一度は勝負を挑んだものの、それ以降は武芸者として、長尾高久とたいへん親しく付き合わせてもらっている――三人は異口同音《いくどうおん》にそう言った。

望月には、その三人が嘘を言っていないことがわかった。

刑事は一流の心理学者でもある。相手の表情の変化、ちょっとした仕草、眼の動き、口調などから嘘を敏感に嗅《か》ぎ取るのだ。

望月は、何とか他の武道家に直接話を聞くべく、出張願いと、各関係県警察への協力要請の資料を作成していた。

望月と組んで、いっしょに歩き回っている堀内《ほりうち》という若い刑事が残っていた。

電話が鳴り、堀内がさっと受話器を取った。

望月は堀内が自分を呼んでいるのに気づいた。

「望月さんにです」

堀内は受話器を差し出した。

望月はパイプ椅子から立ち上がり、受話器を受け取った。

「望月です」

「嘉納ですが……」

望月の頭の中に飛鳥の美しい顔が映し出された。

「どうかなさいましたか?」

「久遠のことなんですけど……」

「何か話されましたか?」

「いいえ、それはあいかわらずなんですけれど、彼女に護衛を付けていただいたほうがいいと思ってお電話したのです」

「ご心配なく。われわれもいちおう目撃者であるお嬢さんのことは充分に配慮しております。おたくの周辺を、制服警官とパトカーにひんぱんに巡回させています」

「じつは、久遠は、東京に入院しているのです」

「何ですって……。いつからです？」

「きょうの昼間に診察を受け、そのまま入院しました」

「どこの病院です？」

飛鳥は病院名を告げた。

「わかりました」

望月はひそかに溜《た》め息を吐《つ》いた。「警視庁に要請してみます」

「何だか頼りない言い方に聞こえますけど……？」

（相手は花のお江戸をあずかる大警視庁ですからね……）

望月は心の中でつぶやいてから言った。

「安心してください。護衛は必ず付けます」

「お願いします。それともうひとつ――」

「何でしょう？」

「久遠がいまどんな状態にあるか、警察から新聞記者などに正式に発表していただけないでしょうか」

「その点は捜査本部内でも話し合ったんですがね……。何しろプライベートな問題ですし、とくに精神科関係の問題は扱いに注意を要するのです。気がふれたとか、発狂したとか——そういった書き方をされかねませんからね」

望月はふと自分がしゃべり過ぎているのではないかと思った。刑事は饒舌《じょうぜつ》であってはいけないのだ。

「だが、そちらからそういう申し出があったということなら問題はないと思います」

「久遠を守るためです。犯人は、久遠に顔を見られたと思っている可能性が大きいのですから……」

「充分わかっています」

（お嬢さん。こっちはプロなんだ）

望月は心の中で言った。「それで、正確に言うと、娘さんはどういう症状なのですか？」

「一種の自閉症で、誰とも話をしようとしません。事件の記憶を失っているようです。いいですか、この点を強調してください。久遠は、記憶を失ったらしく事件に関して、誰にも、ひと言もしゃべろうとしない、と」

「承知していますよ。ひとつ言っておきます。今後、久遠さんが移動なさるときは、事前に知らせるようにしてください」

「そうするよう、心がけますわ」

「心がけるじゃなく、必ずそうしてください」

「必ずそうするよう努力します」

望月が言い返そうとすると、電話が切れた。

腹を立てているはずだった。しかし、望月はにたにたと笑っている自分に気づいた。

堀内刑事と眼が合った。彼はあわてて眼をそらした。

三章　不動明王《ふどうみようおう》

1

通夜が無事済み、飛鳥は告別式に久遠を出席させるために東京へ迎えに行った。

パジェロを駆りK大病院へ向かう。助手席には白燕が乗っていた。

飛鳥も白燕もほとんど口をきかなかった。飛鳥は通夜で疲れていたし、まだ完全に白燕を信用したわけではなかった。

梅崎俊法についての話はいちおううなずけたが、白燕本人が俊法から送り込まれた、ということも考えられなくはないのだ。

（それにしても——）

飛鳥は考えていた。（不思議な迫力のある坊主だこと）

短く髪を刈っているところは、青年僧のようなすがすがしさを感じさせる。

肌の色艶《いろつや》もよく、墨染《すみぞ》めの法衣をぴたりと着こなしたすらりとした出立《いでた》ちは、三十代にも見える。

しかし、その眼は、若者の眼ではなかった。いくつもの修羅場《しゆらば》をくぐった者でなければこういう「寒い眼」にはならない——飛鳥は思った。

先代に『不動流』を学び皆伝を得ているというから、三十代であるはずはなかった。

おそらく三代目宗家・高久に近い年齢なのだろう。高久は享年《きようねん》五十四歳だった。

最も不思議なのは、全体から感じられる迫力だった。飛鳥はその感じをどう言い表わしていいかわからなかった。

もし、この僧と手合わせすることになったら、身がすくんで手も足も出せなくなるのではないか——彼女はそう感じていた。

飛鳥がこれまで、そんな感覚を味わった相手はただひとり、長尾高久だけだった。

白燕は、そんな飛鳥の胸中をまったく無視するように、まっすぐフロントガラスから前を見つめている。

飛鳥は横目でその様子を盗み見た。

ふと彼女は久遠がそうしていたのを思い出した。

久遠の病室の前で、飛鳥と白燕は東海林博士に会った。

博士は診察を終えたばかりだった。

「いかがですか?」

飛鳥が尋ねた。

東海林博士が首を横に振って、むずかしい顔をした。

「変わりませんな」

東海林博士はふと白燕の方を見た。

「奥田白燕」

飛鳥が紹介した。「わが『不動流』の師範です」

東海林はうなずいた。彼は、もう一度、病室へ引き返した。

飛鳥が白燕にささやきかけた。

「病院にその恰好《かっこう》はまずかったかもしれないわ」

「本来、坊主というのは縁起《えんぎ》のいいものなのだがな……」

飛鳥は肩をすぼめただけで、何も答えなかった。

彼女が先に病室に入った。

「久遠。元気?」

久遠は、ベッドの上で上半身を起こしていた。澄んだ瞳《ひとみ》でまっすぐ前を見ている。口はきりりと結ばれている。

ベッドのそばに立った東海林博士が言った。

「食事もちゃんととるのです。口もとへ食べ物を運んであげると、自然に中へ入れる。大小の用足しも、ちゃんと自分でする……。ただ、まったくコミュニケーションを拒否しているのだけは変わりません」

飛鳥はだまってうなずいた。

白燕が病室に入って来た。

そのとたん、東海林博士と飛鳥の眼は久遠に釘《くぎ》づけになった。

あの事件以来、初めて久遠が他人に対して反応を示したのだ。

久遠は、首を横に向け、はっきりと白燕を見た。

白燕は、その瞳《ひとみ》を見たとたん、その場に立ち尽くした。

東海林博士と飛鳥は、久遠と白燕のふたりを、息を呑んで見つめていた。

久遠は、白燕を見ただけではなかった。

右手を上げ、白燕のほうへゆっきりと差し上げたのだ。

白燕は、誘われるように近づき、その手を両手でそっと包んだ。

久遠の唇が震《ふる》えた。

東海林博士は眼を丸くし、じっと久遠の顔を観察した。

彼女の唇は小さく動いた。

何かをささやいたようだった。

東海林博士はその言葉を聞き取ろうと近づいた。

久遠は白燕だけを見ている。

彼女の唇が再び動いた。今度は声が聞こえた。

「フドウ……」

久遠はそう言った。

次の瞬間、彼女の眼から意識の光が消え、崩れるようにベッドに倒れた。

東海林博士が、さっと近づき、慣れた手つきで、久遠の脈を取り、瞳孔《どうこう》をのぞき込んだ。

そのまま、久遠をベッドに横たえると博士は白燕に尋ねた。

「フドウ――彼女はそう言いましたね」

白燕はうなずいた。彼は久遠を見つめたままだった。たいへんむずかしい顔をしていた。

何か驚くべきことに気づいたような表情だった。

飛鳥はその表情に気づいた。

東海林博士の質問が続いた。

「フドウというのはどういうことでしょう……」

白燕はゆっくりと博士の方を向いた。

飛鳥が言った。

「『不動流』のことでしょう。ほかに考えられませんわ」

落ち着きはらった口調だった。東海林博士がさっと飛鳥の方を見た。

「白燕さんと久遠さんは、面識がおありですか?」

飛鳥は頭を回転させた。うっかり本当のことを言うと話の辻褄《つじつま》が合わなくなってしまう。

久遠は白燕に会ったことはないはずだ。つまり、久遠は白燕が『不動流』ゆかりの者とは知るはずはないのだ。

「もちろんありますわ」

飛鳥は平然と嘘《うそ》をついた。「奥田白燕は、久遠の父親と兄弟弟子《でし》の関係にありますから……」

東海林博士は腕を組み、視線を飛鳥から眠っている久遠に移して考え込んだ。

「兄弟弟子ね……。久遠さんは、奥田さんにおとうさんと似かよった雰囲気を感じ取ったのかもしれませんね。同じ流派を学んでいくうちに印象が似てくるというようなことはありますか？」

「よくあることです」

飛鳥は言った。しかし、これも本当のこととは言い難《がた》い。

たしかに流派によって特色はあり、体格や体さばきなどが似てくることはあるが、人格までが似てくるようなことは稀《まれ》だ。

同一流派のなかにもさまざまな人格の門弟がいるのだ。それが自然で、そうでなければその集団は一種異様な集団となるだろう。

東海林博士は腕を組んだままうなずいた。

「とにかく、彼女はショックを受けて気を失ったのではないのです。いわば、安堵《あんど》して、今まで張りつめていた糸が切れるように、眠り込んでしまったのです。……そう。まるで、お父さんがじつは生きていた、と言われでもしたかのように……」

飛鳥は視線を動かさなかった。

彼女の表情はあいかわらず落ち着きはらっており、この世で起こるすべての出来事と関《かか》わりたくないと言っているかのようだった。

しかし、飛鳥は、白燕の方に注意を集中していた。

白燕は、久遠の手を取ったときと同じ位置に立ち尽くし、久遠の寝顔を見つめている。

一言も発しようとしない。

飛鳥は言った。

「今日は告別式なので、久遠をいったん桐生の家へ連れ帰り、最後のお別れをさせてあげたいのですが……」

東海林博士が考えたすえに言った。

「問題ないでしょう。ただ、もうしばらく眠らせてあげてください」

博士は時計を見た。「そう……。あと一時間ほどは……」

飛鳥は、出棺までの時間を計算し、充分に余裕があると思った。

「わかりました」

「では……」

東海林博士は、飛鳥と白燕に会釈《えしやく》をして病室を出て行った。

ドアが閉まると、飛鳥は白燕の方を向いた。

白燕は飛鳥の視線に気づき、そちらを見たが、すぐに久遠の方へ向き直った。

「どういうことよ？」

　飛鳥が白燕に尋ねた。

　白燕はもう一度、飛鳥の方を見た。だが、何もこたえようとしなかった。

　飛鳥はもう一度訊《き》いた。

「久遠があなたを見て、フドウと言ったのはなぜ？　久遠とあなたは会ったことがあるの？　久遠が言ったフドウというのはどういう意味？」

　ようやく白燕が口を開いた。

「拙僧はこの娘さんと会うのは初めてです。娘さんが拙僧をごらんになって、なぜ『不動流』の名を口にされたかは、まったくわかりません。娘さんが言ったフドウというのは『不動流』のこと以外考えられないではないですか」

　白燕が言った。「どうです？　これで答えになっていますか？」

「なってないわね」

　飛鳥は、面白くなさそうな口調で言った。

「とにかく、あの事件以来、久遠が反応を示したのは初めてのことなのよ。東海林博士も言ってたわよね。久遠は、父親が生きていると聞かされでもしたように、安堵して意識を失ったのだと——。もっと言えば、実際に父親を見たような気がしたんじゃないかしら？」

「どういうことか、こっちからうかがいたいですね？」

「じつはあたしも感じていたの。高久先生とあなたは同じような雰囲気を持っている、と」

「ほう……」

「その理由が、今の久遠のひとことでわかったような気がしたわ」

「何がわかったのです?」

飛鳥は溜め息を吐き、世間話でもするような口調で言った。

「久遠はね、あなたのなかに不動明王《ふどうみようおう》を見たんじゃないかしら」

白燕は何も言わなかった。

しかし、真一文字《まいちもんじ》に結ばれた唇に力が入り、白っぽくなっていた。彼は、明らかに緊張していた。

東京都練馬《ねりま》区中村南《なかむらみなみ》——新青梅《しんおうめ》街道に近い住宅街の、中野《なかの》区との境界まであと一歩というところに、東堂組の事務所が置かれていた。

東堂組は三咲一家の懐刀《ふところがたな》であり、とくに組長の東堂猛が三咲組の代貸をつとめていることから、かなり優遇されていた。

組事務所もマンションの一室などではなくて、一階がガレージになっている三階建ての小さなビルを使用していた。

一般市民の宅地からやや離れた場所にあるので、今のところ、付近の住民とのいざこざも起きていない。

もっとも、一般市民が近づけるような雰囲気でないことも確かだった。

抗争にそなえて、ビルの周囲には有刺鉄線が張られ、その狭い敷地内には、若い組員や、組員予備軍の暴走族などが常に何人かたむろしていた。

そのあたりには商店もなく、地域から完全に孤立している観があった。

有刺鉄線の柵《さく》の外には黒塗りのメルセデス・ベンツが二台駐《と》まっている。

さほど広くないガレージのなかでは、五名ほどの若い組員が空手のコーチを受けていた。

教えている男は、実戦空手の流派から飛び出し、一門を構えた空手家だった。

浦上昌造《うらがみしょうぞう》という名で、一度はかつて所属していた流派が主催する大会で準優勝したことのある名選手だった。

しかし、三十歳のときに流派幹部たちと意見が対立し、はずみから殴り合いとなった。そのときに、三人の先輩を病院送りにしたが、文字どおり、自分は流派を叩き出されてしまった。

後に、『無極塾《むきょく》』という一派を作り、顔面突き、金的攻撃、目つぶし、何でもありというルール無用の喧嘩《けんか》空手を標榜《ひょうぼう》した。

当時は、マスコミでもかなりセンセーショナルな扱いを受け、道場生もたくさん集まった。

『世界最強』『本物の実戦格闘技』『武術を超《こ》えた格闘技』などのキャッチフレーズが、浦上昌造とその一門を飾り立てた。

これまでの空手、その他の格闘技に飽き足らない人々や、血の気の多い若い連中が次々と入門し、『無極塾』は発展した。

支部も増やし、その分、設備投資が必要だったが、やることすべてがうまくいく当時の浦上昌造にとっては何の障害もなかった。

かつての流派からのいやがらせもあったが、彼は自《みずか》らの手でことごとく打ち破り、かえって彼の強さを証明する結果となった。

しかし、あまりの過激な姿勢についてこられない道場生が続出し始めた。

一般の社会生活を営む者にとって、素手で顔面を殴り合ったり、金的を狙《ねら》った蹴《け》りを出し合ったりというのはやはり無理があったのだ。

道場生は徐々に減り始め、三年目には、ピーク時の五分の一になっていた。その間、急速な設備投資のつけが回ってきて、負債だけがふくれ上がっていった。

世渡りでその経営危機を乗り切るには、三十三歳の浦上はあまりに若かった。加えて、彼は、空手しか能のない人間だった。

自然と性格もすさみ、ますます門弟は離れていった。

そこに現われたのが梅崎俊法だった。

借金を整理し、新たな指導場所を提供しようという年老いた新興宗教の教祖が、浦上にはこのとき、本当に神か仏に見えた。

梅崎俊法の出した条件はふたつだった。

まず、彼の主宰する『日本武道振興会』に所属し、彼への忠誠を誓うこと。

ふたつめは、梅崎に命じられたところへは無条件で指導に行くこと。

挫折《ざせつ》のどん底にいた浦上昌造は、一も二もなく承諾した。

その結果、この東堂組で定期的に指導することになったのだった。

浦上はまったく後悔していなかった。

一般の人々が恐れるような連中から「先生」「先生」と大切にされることが快《こころよ》かった。

そして、東堂組の連中に、最高の酒と極上の女の味も教わったのだった。

浦上は三十四にして、二度目のわが世の春の気分を味わっていた。


その事務所ビルの三階に、東堂猛組長の部屋があった。

東堂猛は東堂組で代貸をつとめる森脇勇次《もりわきゆうじ》という男を前にして、机に向かい、新聞を読んでいた。

「どう思います?」

森脇勇次が言った。

東堂はしばらく無言のまま新聞を見ていた。その間、森脇は黙って立っているしかなかった。

東堂猛が言った。

「鵜呑《うの》みにゃできん話だな」

森脇はうなずいた。

「群馬県警が考え出したホラ話かもしれません。娘が都合よく記憶をなくすなどと……」

東堂は新聞を机の上に放り出した。

「とにかく、あの場で消さなかったのは、俺のミスだ」

森脇は何も言わなかった。

組長のミスを指摘できるのは本人に限られている。

「いずれにしろ」

東堂は言った。「この娘が生きている限り、若いもんに自首させたところで無駄になる。目撃者ってやつだからな。つまり、この長尾久遠を消さない限り、事の始末をつけられないということだ」

「はい……。ただ、これ以上危《ヤバ》い橋を渡るのはどうかと……」

東堂は森脇を見据えた。森脇は眼をそらした。些細《ささい》なことであれ、東堂の意見に異を唱えるのは、たいへん勇気がいるのだった。

「そうだな……」

東堂が同意を示したので、森脇は胸を撫《な》で下ろす思いがした。「どうしたらいいと思う?」

「まずは、調べてみるのが先決ではないかと……」

「調べる？　何を？　どうやって？　久遠という娘はどこに入院しているのかは記事には書かれていない」

「人ひとりをあやめるよりは、そういうことを調べ出すほうが簡単だと思いますが……？」

東堂は蛇のように表情に乏《とぼ》しい眼で森脇を見て言った。

「まったくおまえは妙なやつだな。普通、極道もんは逆のことを考えるもんだ。俺を含めてな……。大学出ってのは違うもんだな」

（この俺がいないと、今ごろ、東堂組は全員ブタ箱に入っているに違いない）

森脇は思ったが、あわててその考えを頭から追い払った。東堂に見透《みす》かされそうな気がしたのだ。

「いくら極道でも、無茶ばかりやってちゃ生きていけません」

「ふん……。で、どうする？」

「どこの警察にも金を欲しがっている警官がいるもんです」

「なるほどな……」

東堂は、背もたれに身をあずけ、腹の上で手の指を組んだ。「いいだろう。その件は、おまえにまかせる」

「わかりました」

森脇は一礼して、二階の事務所へ降りて行った。

2

長尾高久の葬儀はとどこおりなく終了した。

夕方には、祭壇や花などが一切取り払われ、いつにも増して、道場は寂しい感じがした。

飛鳥は、腕を組み、道場の中を眺めていた。

夕闇が迫り、道場の空気はしんと冷たかった。

そこで杖《じょう》を振っている長尾高久の姿が見えるような気がした。彼女はつぶやいた。

「まいったなあ……」

出棺間際《まぎわ》に、桐生署の刑事が何人か焼香《しょうこう》にやって来ていた。そのなかに、望月刑事の姿はなかった。

警察は、この事件をどこまで追及できるのだろうか——彼女はぼんやり考えていた。

白燕の考えが正しいとしたら、警察は梅崎俊法にまで手を伸ばさなければならなくなる。

警察にそれだけの力と、それを捜査してくれるだけの余裕があるものだろうか——飛鳥は懐疑《かいぎ》的になっていた。

ふと背後に気配がした。

飛鳥は振り向かずに言った。

「白燕さん?」

「そう……。拙僧《せっそう》です」

「お願いがあるの。その、拙僧とか愚僧《ぐそう》とかいう抹香臭《まっこうくさ》い言い方、やめるわけにはいかない？」

白燕は静かに近づいて来た。

「わかりました。これからは改めることにしましょう」

「何か用？」

「お嬢さんのことで、ちょっと……？」

飛鳥は振り向いた。

「あの娘《こ》はどうなってしまうのかしらね？　出棺のときも、火葬にするときも、ただ穏やかに先生の亡骸《なきがら》の入った棺を眺めているだけだった……」

白燕は真顔《まがお》で言った。

「お嬢さんは、今、ちょっとばかり危険な状態にあります。魂が抜けかかっているのです。現世の出来事ではなく、別の世界のことを見聞きしています」

「あなたを不動明王だと言ったのと関係があるのかしら？」

「あります。私の守護霊は不動明王なのです」

飛鳥は白燕を見つめてからかぶりを振った。

「こういう話は、容易に受け入れられないことはわかっています」

白燕は言った。「しかし……」

飛鳥は白燕をさえぎって言った。

「忘れないでね。久遠があなたのなかに、不動明王を見ていると言い出したのは、あたしのほうなのよ。そういう話を信じないわけじゃないわ。霊的な話をやみくもに否定するほうがおかしいと思ってるくらいよ。それで、久遠はこのままだとどうなってしまうわけ？」

「肉体から魂が抜けてしまったら、廃人になるか死ぬかどちらかです。今、お嬢さんは、現世よりも、霊的な世界へと近づきつつあります」

「どうすればいいの？」

「病院の治療はおそらく役に立たないでしょう。ある種のショック療法が必要だと思います」

「ショック療法？」

「彼女に生命の危機を知らしめるのです。一種の逆療法と言えましょうな……」

飛鳥は白燕をしげしげと見つめた。無表情だが、嘘を許さない厳しさを感じさせた。

「何をやろうってのよ？」

「私がお嬢さんとお手合わせをいたします。お嬢さんは、三代目から直接『不動流』を伝授されているのでしょう？」

「語るに落ちたってところね、白燕さん」

飛鳥は鋭く白燕を睨《にら》んだ。「『不動流』に試合はないわ。『不動流』の門弟が立ち合うときは生きるか死ぬかというときよ。あなたがそれを知らなかったとは言わせないわ。つまり、あなたは今、久遠を殺すと言ったのと同じことなのよ」

「なるほど……。あなたは、私が梅崎俊法のところからきた刺客《しかく》だと考えておいでだ……」

「当然よね。『不動流』の皆伝《かいでん》を持っているあなたが本気になれば、いくら先生から直接指導された久遠でもかないっこないわ」

「果たしてそうですかな……」

「どういうこと？」

「私が想像するに、お嬢さんはすでに奥伝《おくでん》を伝授されておいでだ……。つまり、お嬢さんも私と同じく皆伝を受けておられるはずです」

「そんな話は聞いていないわ。私はずっとここに住んでいるのよ」

「何年間ですかな？」

「五年間よ」

「その前のことはご存じないのでしょう。そして、その五年間も、一年三百六十五日、一日二十四時間、あの親子を監視していたわけではないでしょう？　三代目は必ずお嬢さんに皆伝を与えているはずです。それも人知れず……」

「かもしれないわ。だからって、あなたの無茶な申し出は認めるわけにはいかないわ。『不動流』の試合は、文字どおり殺し合いになる可能性があるんですからね」

「だからこそ、お嬢さんを救える可能性があるのですよ。肉体の危機を察知すれば、自分自身を守るために魂が戻って来るかもしれません。今のままだと、永遠にいわゆる霊体離《れいたいり》脱《だつ》の状態が続くのです」

「あなたが梅崎俊法の手下じゃないと証明できる?」

「残念ながらそれはできません。信じてくれと言うしかありません。しかし、こういう条件をつけてはいかがでしょう。師範である、あなたと、ミスタ・ジャクソンが、棒なり杖なりを手にして立ち会い人となる……。いかに私でも、ふたりの師範が武器を持っているとなると、へたなことはできません」

飛鳥は考え込んだ。

久遠は、たしかに現実以外のところを見ている。

それは霊体が離脱しかかっている状態だというのはうなずけないことではなかった。彼女は、初対面の白燕に反応を示し、はっきり「不動」と呼びかけたのだ。

久遠は白燕の守護霊を見ていたのだ。

不動明王といえばかなり霊格が高いことを飛鳥は知っていた。そして、人格のいやしい人に高級霊はつかない。

飛鳥は一種の賭《か》けに乗ることにした。

「いいでしょう」

彼女は言った。「今から、久遠とポールを呼んで来るわ」

久遠は道衣《どうい》に着替えていた。

上は空手衣のようで、その下に黒い袴《はかま》を着けるのだ。袴といっても幅の広いものではなく、いわゆる筒袴《つつばかま》と呼ばれる細いズボンのような袴だった。

この道衣も、三代目が工夫したものだった。かつては、合気道や、その他多くの古武道に見られるような、普通の黒い袴を穿《は》いていたのだ。

筒袴に変えてから、動きの早い近代格闘技にも対応できるようになったし、蹴り技も出しやすくなった。

部屋にいた久遠に、飛鳥がたたんだ道衣を差し出すと、久遠は何も言わず、着替えを始めた。

飛鳥は、目の前で、人形がひとりでに動いて道衣を身に着けているような錯覚を起こしそうになった。

久遠は飛鳥に手を引かれて道場へやって来た。

道場では白燕が待ち受けていた。彼は、昔ながらの袴を穿いていた。先代までの正式な道衣だ。

ジャクソンは、新式の道衣を着て六尺棒を持っていた。

飛鳥も新式の道衣を身に着けている。

道場の空気は張りつめていた。

飛鳥が久遠を道場のほぼ中央に連れて行った。

その正面に白燕が立ち、礼をした。

たちまち、久遠の眼に意識の光が戻った。久遠は白燕を見るときだけは、はっきりとした表情を見せた。

白燕は言った。

「一手、ご指南いただきます」

彼は、右足を半歩ばかり前に出し、半身《はんみ》になった。

久遠は自然体で白燕と向かい合ったままだ。動こうとしない。

白燕はじりじりと左側へ移動を始めた。つまり久遠の右側へ回り始めたのだ。

『不動流』の徒手《としゅ》の構えは、利《き》き手《て》――多くの場合は右手が前に来る。武器と徒手をひとつの体系にしようとするとき、右前の構えのほうが合理的なのだった。

白燕は、久遠の攻撃の外側へと移動していることになる。

『不動流』の手技は、前手による『刻《きざ》み』から始まることが多い。

久遠は白燕の動きを目で追っていた。しかし、体はそのままだった。

白燕が横へ回り込むのをやめた。約四十五度左側から久遠を見ていることになる。そこから、じりじりと間《ま》を詰め始めた。

飛鳥は、壁に掛けてある杖に手を伸ばしていた。

ジャクソンも、棒を腰だめに構えている。六尺棒の先端は、白燕の喉《のど》の高さになっている。

白燕は、試《ため》しに開掌《かいしょう》で『刻み』を打ってみようと思った。

素早く前手で相手の顔を打つのだが、このとき、最も手首に近い部分——いわゆる掌底《しょうてい》で顎《あご》を強打するのが基本だった。

しかし、白燕にも不安があった。

もしも久遠が反応しなかったら、その一撃で脳震盪《のうしんとう》を起こしてしまう。

白燕は『刻み』を放った。しかし、そのためらいのため、いわゆる寸止《すんど》めと同じ結果となった。

久遠は同じ姿勢で立っているだけだった。

白燕はさっと離れた。久遠には何の変化もなかった。

白燕は今度は柔法《じゅうほう》を試みようとした。投げや固め技なら、けがをさせる確率は少ない。

白燕は久遠に、開掌で構えたまますると近づき、手を取って引いた。たいていは引かれると、反射的にそれに抵抗しようとして引き返すものだ。

その力を利用して裏投げを打ってやろうとしたのだ。

しかし、久遠は引かれるままに前に出た。白燕は技を中断していた。まったく無抵抗の者には、逆に柔法は効果がうすい。相手の勢いをうまく利用するのが柔法だからだ。

白燕は手を離し、また間合いを取った。

白燕だけが独り相撲を取っているようなものだった。

「どうやらあなたの計画は失敗だったようね」

飛鳥が言った。

白燕は答えず、久遠を見つめていた。久遠も穏やかに白燕を見返している。何か人間以外の美しさを感じた。

白燕は、再びじりじりと間を詰めた。

(このままでは同じことの繰り返しだ)

彼は思った。

白燕にはうまくいかない理由がわかっていた。

ためらいがすべてを失敗させているのだ。久遠にけがをさせまいという気づかいが、久遠に危険感を与えない結果となっている。

白燕は覚悟を決めた。

一撃で決まる強力な技を、力の限り久遠に見舞おう。

白燕はぴたりと動きを止めた。両手を開いて構えている。

前になっている右手の手首の延長線は、久遠の顎の位置になっている。

白燕の呼吸は自然と下腹――丹田《たんでん》の位置に降りて来た。

白燕の眼《め》は危険な光を帯び、全身から荒々しい気が発せられた。

飛鳥は白燕の変化に気づいた。彼女は白燕の殺気を感じ取ったのだった。

「正体を現わしたわね」

静かな声で言うと、飛鳥が杖を手に歩み出た。

飛鳥は久遠の前に立ちふさがろうとした。

「邪魔をするな……」

白燕の形相《ぎょうそう》はすさまじかった。

飛鳥は気圧《けお》されまいと、両手を頭上にかかげ、杖を『鳥居《とりい》構え』にした。

白燕の後方になっていた左足が、右足に寄せられたと同時に床を蹴っていた。

白燕の体は滑るように前方へ進んだ。すばらしいスピードだった。

同時に、上体がうねっていた。

下半身のひねり、上体のうねり――そのふたつを利用して、情け《なさ》容赦《ようしゃ》ない『刻み』を放った。

飛鳥はその『刻み』を、杖で弾《はじ》いた。ちょうどワイパーを逆につけたような形で杖を鋭く振ったのだ。

飛鳥の狙いは正確で、突いてきた白燕の右手の肘は、杖で砕かれているはずだった。

白燕の上体が再度うねった。

飛鳥は弾いたつもりの自分の杖が逆に、流されるのを感じた。

その瞬間に飛鳥は杖の先を引き、その回転する力を利用して逆の先端を打ち込んだ。

先端はまっすぐに白燕の喉に伸びた。

白燕の喉を杖が通り抜けるような気がした。白燕は杖の先端を見切り、わずかな動きでかわしたのだ。

攻撃をかわされたときが一番無防備となる。

飛鳥は、杖をつかまれるのを感じた。その瞬間、自分の武器が敵の得物《えもの》に変化した。

白燕は杖を両手でしっかり持ち、飛鳥の水月《すいげつ》へ突き込んだ。

飛鳥の目の前が白く光った。

彼女は下半身の力が抜けるのを感じていた。そのまま、床に尻もちをつく。

ジャクソンが白燕の斜《なな》め後方から、六尺棒で突きかかった。

棒は長いので、振り降ろして打つものと思われがちだが、あくまでも、振り降ろす勢いを利用して突くのが基本だ。

飛鳥が持っていた杖は、すでに白燕の手に移っていた。

白燕の足が猫足のようになる。体重を斜め後方に引いたのだった。猫足は前方になった足の踵《かかと》を上げるが、白燕の足は両方が床についていた。

琉球《りゅうきゅう》古武術に時折見られる足運びだ。

ただ体重を移動しただけの小さな動きで、白燕は棒をかわした。

同時に、肘鉄《ひじてつ》をくらわす要領で、杖を後方に貫《ぬ》いていた。

その杖の先端がジャクソンの壇中《だんちゅう》——胸骨にある急所を正確に突く。

ジャクソンはひっくり返った。

『不動流』に二心二打《にしんにだ》はない、と言われている。つまり、受けてから攻撃とか、受けられたら、もう一度やり直しといった動きはないのだ。

受けはそのまま攻撃に転じ、第一撃に続いて、ほとんど時間差攻撃のように攻めるのが技の特徴なのだった。

白燕は、その特徴を見事に生かして、『不動流』の内弟子ふたりをあっという間に片づけてしまった。

ジャクソンがひっくり返ったと見るや、白燕は、杖を構え、久遠に向かって突きかかった。

飛鳥とジャクソンはその非情な杖の切っ先を見つめていた。ただ見るだけでどうしようもなかった。身動きがとれなかった。

白燕の杖は深々と久遠の喉をつらぬいた――飛鳥とジャクソンにはそのように見えた。思わず飛鳥は悲鳴を上げそうになった。

しかし、白燕の杖は久遠にとどいてはいなかった。

飛鳥とジャクソンはその出来事に驚き、さらに金縛《かなしば》りにあったように、白燕と久遠を見つめていた。

白燕は一撃目が見切られたのだと知った。久遠は、自然に体を引いたのだ。

第一撃が不発に終わったと悟《さと》った瞬間、反射的に白燕の手は動いていた。

くるりと杖を回し、突いたのと逆の先端をこめかみに叩き込もうとした。

そのとき、久遠の両手が動いた。

かすかな動きに見えた。

しかし、その効果は大きかった。

白燕の体はあっという間に床に転がされていた。

しかも、杖で左腕を逆関節に決められていて身動きが取れない。

飛鳥は、それがきわめて高度な、杖による投げから固めへの連続技であることを知った。

こうした高等技術は、奥伝を極めた者でないと使いこなすことはできない。

やはり久遠は皆伝を授かっていたのか、と飛鳥は思った。

ジャクソンは、廃人同然だった久遠が、見事な技で白燕を倒してしまったことに驚嘆していた。

しかし、白燕の攻撃はそこで終わりではなかった。

彼は、自分の肩関節が外《はず》れるのを覚悟のうえで、杖を撥《は》ね退《の》けようとした。

久遠は杖から手を離していた。自由になった白燕は立ち上がらぬまま、片足を鋭く伸ばして、久遠の膝《ひざ》を狙《ねら》った。

決まれば膝関節をいためて、悪くすると一生足を引きずることになる。

不意を狙う『草薙《くさな》ぎ』という足技の一種で、たいへん効果的で、決まる確率の高い技だった。

白燕の踵が久遠の膝を正面からとらえた。

今度こそ久遠が倒れる番だった。

飛鳥とジャクソンはようやく我を取り戻し、白燕を力ずくで抑えようとした。

しかし、苦悶《くもん》し始めたのは白燕のほうだった。

白燕は、腰から下に激しい衝撃を受けていた。

「『打ち返し』だ……」

白燕が苦しげにつぶやいた。

『打ち返し』というのは、体のうねりや回転を使って衝撃をそのまま相手に返してやる高等技術だ。久遠は、膝で『打ち返し』を行なったのだった。

久遠は平気な顔で立っている。

「まさか……」

飛鳥はつぶやいたが、信じないわけにはいかなかった。久遠が皆伝を得ていることは、この瞬間に証明された。

飛鳥は久遠を見た。

久遠の顔にいきいきとした表情が戻っているのに気づいた。

久遠の声がして、三人がはっと彼女を見つめた。

「不動……。あなたの考えはわかりました。もういいのです」

久遠は飛鳥を見てさらに言った。「弁財《べんざい》……。すみませんが、不動が使っている体を治療してあげてください」

久遠が道場を出て行った。

白燕と飛鳥が顔を見合わせた。

飛鳥が言った。

「あんたの言ったこと、信じる気になったわ」

「そいつはよかった」

白燕は苦しげに言った。

「だけど、あの娘《こ》、あたしのこと、何て呼んだ?」

「弁財……。あんた、きっと弁財天なんだよ」

ポール・ジャクソンが不思議そうにふたりを見ていた。

3

「私はだいじょうぶだ。お嬢さんの様子を……」

倒れたまま奥田白燕が言った。

「ばか言わないで」

飛鳥が言う。「『返し』は『不動流』の究極の奥義《おうぎ》よ。攻撃した側の力が全部戻ってくるのよ。その衝撃はカウンターどころの比じゃないわ」

「私も『不動流』の皆伝を持っているのだ。整体の心得くらいある。何とか衝撃による歪《ゆが》みくらいは直せる。それよりお嬢さんが心配だ」

「わかったわ。ポール。いっしょに来てちょうだい」

飛鳥とジャクソンは道場の外へ駆け出した。

久遠は母屋へ戻るところだった。

「久遠……」

飛鳥が呼びかけると、久遠は振り返った。飛鳥の声に反応したのだ。

飛鳥は今にも跳び上がりそうなほどうれしそうな顔をした。普段の彼女からは考えられない表情だった。

ジャクソンは、まだ狐につままれたような顔をしている。

「久遠、あたしの言うことがわかるのね?」

久遠はうなずいた。

「もちろんです、不動はどうしてます?」

「あの人はね、久遠、不動という名じゃないの。白燕というのよ。奥田白燕。あなたのお父さんといっしょに、おじいさんのもとで修行して、皆伝を得ていると言うのよ……。わかる、久遠?」

「奥田白燕……。それはこの世での名ですね。でも不動明王であることは間違いありません」

飛鳥は笑いを消し去った。にわかに不安になってきた。

（久遠は、おかしくなったままなのではないだろうか？）

久遠が笑顔を見せた。

飛鳥はなぜかはっとした。久遠が言う。

「心配しないで、飛鳥さん。私はもうだいじょうぶ」

飛鳥は、自分があわてた理由をその瞬間に悟った。

久遠に心を読まれた、と思ったのだ。そして、それは事実のようだった。

久遠は続けて言った。

「ただ、今のあたしだけでは頼りないから、お守りをくださる守護神《みおや》が降りてくださっているだけなのです」

飛鳥は悟った。

久遠は一種の『神がかり』の状態となったのだ。

さきほど白燕と戦っていたのは久遠の意識ではなく、守護神の意識だったのではないか
──飛鳥はそう思った。

今まで、霊界に近いところで、久遠本人の意識は守護神に抱かれていたのだ。

白燕は、保身本能を利用したのだ。

肉体を危機に陥《おとしい》れれば、それを守るために、意識が霊界から呼び戻されるに違いないと考えたのだ。

それはある程度うまくいった。たしかに久遠の意識は肉体に戻ってきた。

ただひとつ計算外のことがあった。

久遠の意識は、守護神に抱かれたまま戻ってしまったのだ。

「久遠――」

飛鳥はおそるおそる言った。「あんた、さっき、あたしのことを、弁財と呼んだのよ……」

「そう」

久遠はうなずいた。「だってあなた、弁財天ですもの」

「あたしは飛鳥よ、嘉納飛鳥よ」

「わかっています。でも、あたしには、弁財天とだぶって見えるのです。だから、さっき、つい弁財と呼んでしまったのです」

飛鳥は返す言葉がなかった。

久遠はほほえんだ。

「不動と弁財のおかげで、あたしの意識が肉体に戻ることができました。礼を言います」

彼女は、優雅なしぐさで小さく会釈《えしやく》をすると飛鳥とジャクソンに背を向け、母屋の方に歩き去った。

ポール・ジャクソンは、ふたりの女性を見比べてから言った。

「いったいどうしてしまったのです？　お嬢さんはもとに戻ったのですか？」

飛鳥がジャクソンの問いに答えず、つぶやいた。

「弁財天ですって……。あたしの守護神が弁天さまだっていうの……」

飛鳥はかぶりを振った。

「アスカ……」

ポール・ジャクソンが心配そうに語りかけた。

「何でもないわ、ポール。お嬢さまは、たぶんだいじょうぶよ。あなたの国では、どう言うのかわかりませんがね、久遠には、今、神さまが降りて来ているらしいの。日本では『神がかり』というんですけどね」

「『神がかり』……。それは、原始的宗教における精神錯乱を伴《とも》なう興奮状態のことだと、心理学で習ったことがありますが……」

「シャーマニズムのことを言っているのね。まったく西洋の心理学者は乱暴なことを言うわね。御神《みおや》が降りて来ることは稀《まれ》にあることなのよ。聖書などでも、天の声を聞いたとかいうくだりが出てくるでしょう。モーゼの十戒はどう?」

「……で、お嬢さんは、いつまでその『神がかり』のままでいるのですか?」

「そんなこと、わかるわけないでしょう」

そんなとき、ふたりのうしろから白燕の声がした。

「おそらく――」

ふたりは同時に振り向いた。白燕は言った。

「お嬢さんの守護神さまは、お嬢さまがまだ危険な状態にあることをお感じになって、守るために、いっしょに降りて来られたのでしょう」

「……それは、久遠が誰かに狙われるということ？　先生を殺した誰かに……」

白燕はうなずいた。

「おそらくは……」

「あんた、まさかそこまで読んでたわけじゃないでしょうね」

「いや……。私も、こんなことが起ころうとは……」

「どうも、あんた、どこか怪しげなところがあるわね」

「それは、おそらく坊主に対する偏見でしょう」

「久遠の危機が去ったら、守護神は離れて、昔どおりの久遠になるのね？」

「断言はできませんが、たぶんそうなるでしょうな」

「……そうですってよ、ポール」

ジャクソンは肩をすぼめた。

「僕は日本という国を理解したと思っていた。でも、それは思い上がりだったことを、今、思い知らされましたよ」

新宿のクラブでくつろいでいる東堂猛のもとに、代貸《だいがし》の森脇勇次が歩み寄った。

新宿二大組織によって勢力範囲がほぼ二分されている。その片方が広域暴力団梶井組だった。

東堂組は三咲一家に属しており、三咲一家は、梶井組傘下にある。

この店は、東堂がくつろげる店だった。

森脇は東堂の席の脇に立って一礼した。

東堂はうなずき、ママとホステスに言った。

「ちょっとはずしてくれ……」

女たちが席を立つと、東堂は、森脇に坐るよう命じた。

「新聞に書かれていたことは本当でした」

森脇は言った。

「娘は記憶をなくしているというのか?」

「記憶をなくしているというより、何も話せない状態だと言ったほうがいいようです」

「何も話せない?」

「自閉症というやつのようです」

東堂はわずかに眉根《まゆね》を寄せた。

「はじめから詳しく話してみろ」

「はい」

森脇は話し始めた。「群馬県警のマル暴担当のなかに、われわれと親しくしたがっている刑事がひとりいましてね、いろいろと話を聞かせてもらったというわけです」

「女か? 金か? それともシャブか?」

「女と金、両方です。その刑事によると、捜査本部でもまだ娘から話は聞けていないということです。入院先の確認も取れました」

「どこだ？」

森脇はＫ大病院の名を告げた。

「なるほどな……」

東堂は考え込んだ。

森脇は言った。

「……つまり、われわれにとっては、もう目撃者はいないも同然ということです」

東堂は森脇を横目で見た。おそろしい眼だったが、森脇は眼をそらそうとしなかった。先に視線をそらしたのは東堂のほうだった。

東堂はうなずいた。

「いいだろう。娘を殺したくないというおまえの言い分もわかる。目撃者がいなくなったとなれば、いつものように手筈《てはず》をととのえ、明日にでも手を打ってくれ」

「わかりました。自首する者を用意しておきます」

森脇は立ち上がって一礼した。彼は出口に向かった。

森脇は結局、一口も酒を飲もうとしなかった。

出入口付近で、森脇は空手のコーチをしている浦上昌造とすれ違った。

森脇は軽く会釈《えしやく》をした。浦上昌造は、大物ぶってうなずいただけだった。

浦上昌造の姿を見ると、東堂は笑顔を作って言った。

「こりゃどうも、先生……」

浦上は、すすめられもしないのに、さきほど森脇が坐っていた席に、勢いよく腰を下ろした。

「森脇さんといっしょだったんですか？」

浦上が言った。「珍しいですね」

「いや、ちょっと話があって寄っただけですよ。あいつは酒を飲みません。水商売の女も苦手《にがて》ときている」

「あなたがたの稼業《かぎょう》にしては珍しいんじゃないですか？」

「インテリというのはよくわかりませんでな……」

浦上は笑った。

「自分もインテリは苦手でしてね。どうも反《そ》りが合わない」

東堂はゆっくりうなずいた。

「そう」

彼は笑っていなかった。「私もじつは反りが合わないという点では同じでしてね……」

浦上は、ふと東堂から危険な臭いを感じた。東堂はすぐにその気配《けはい》を消し去った。

「さ、飲みましょう、先生。今、女たちを呼びます」

望月部長刑事は、効率を考えて、まず、リストのなかで、飛鳥が○印をつけた武道家を中心に、訪ねることにした。

各県警、所轄署《しょかつ》の協力を得て比較的容易に捜査は進んだ。

飛鳥が○印をつけた武道家のそばに、リストに名前が上がっている武道家がいれば、もちろんそこも訪ねて話を聞いた。

そうしているうちに望月は、あることに気づいた。

飛鳥が○印をつけた武道家の道場や流派は、ここ二、三年で門弟の数が目に見えて増えているのだ。

望月は、他に共通点はないかと考えた。

偶然であるはずはなかった。何か理由があるに違いなかった。

リストのコピーには細《こま》かい書き込みがいっぱいしてあった。手帳を開いて、メモと、その書き込みを照らし合わせてみる。

ふと望月は気づいた。

飛鳥が○印をつけた武道家は、例外なくひとつの団体に属していた。

「『日本武道振興会』……」

望月はつぶやいた。

「は……？　何です？」

兵庫県警神戸《こうべ》第二区明石《あかし》署の強行《きょうこう》犯係の刑事が、覆面パトカーのハンドルを駆りながら訊き返した。

望月はその覆面パトカーの助手席に坐っていた。パトカーはブルーバードだった。運転席と助手席の間に、天井からじゃまな出っ張りがあった。

回転灯を収める容器だ。ボタンひとつで、回転灯は屋根の上に顔を出す。

望月は運転する明石署の刑事に言った。

「『日本武道振興会』というのを知っていますか？」

「ん……？　ああ……。関東の人には比較的なじみが薄いかもしれまへんなあ」

「こちらの団体なのですか？」

「……ちゅうか……、ほれ、『三六教《みろく》』ちゅう新興宗教がありまっしゃろ。あの教祖の梅崎俊法ちゅう男が作っとる団体ですわ」

「ほう……」

「竹本《たけもと》流柔術の本部ちゅうたら、あそこですわ」

明石署の刑事は車を駐《と》めて指を差した。

港へ続く道の左側に、三階建てのビルが建っている。

新しいビルだった。その正面は近代的なガラスのドアになっていたが、その脇には、古風な看板が掛かっている。

看板は二枚あった。片方には『竹本流柔術』、もう片方には『日本武道振興会会員』と書かれていた。

『竹本流柔術』は飛鳥が◯印をつけた流派だ。

望月は、『日本武道振興会』という組織がもはや無視できないものであることを知った。

来意を告げ、会長室へ通されるまで五分を要した。

さらに、ふたりの刑事は会長室の応接セットで十分待たされた。

勢いよくドアが開いて、稽古着姿の初老の男が現われた。髪が薄く、額《ひたい》が頭の頂点近くまであった。

白い道衣に黒の袴《はかま》は、これまで望月が何度もお目にかかった出立《いでた》ちだった。

初老の男は汗を拭《ふ》きながら、立ち上がった刑事たちを一瞥《いちべつ》した。

彼は、窓を背にして坐る形に置かれた、両袖の大きな机に向かい、腰を下ろした。

望月は立ったまま言った。

「『竹本流柔術』の竹本和太郎《わたろう》さんですね」

「……そうです。稽古の途中ですんで、手短かにたのみます」

竹本和太郎は、机上の箱から葉巻を取り出し、セロファンを剝《は》ぎ取った。

望月は、坐れと言われないので、応接セットのところから竹本和太郎の机の正面まで歩み出た。

悪くない状態となった。

取り調べや尋問のとき、刑事の視線は相手より低くなってはいけない。威圧感を与えなければならないからだ。

明石署の刑事も、望月の目的に気づき、横に並んだ。

竹本和太郎は葉巻の吸い口を嚙《か》み切り、時間をかけて火を点《つ》けた。

「それで？　どんなご用で？」

望月は言った。

「『不動流』の長尾高久氏がお亡《な》くなりになったことはご存じですね」

竹本和太郎は目を細め、ゆっくりと大量の煙を吐き出した。

「知っておる。新聞で読んだ。何者かに殺されたそうだな」

「長尾高久氏と面識はおありでしたか？」

「あった。それで、あんたたちは私を訪ねて来たのだろう？」

「どういったお付き合いでした？」

「付き合いというほどの間柄ではない。一度会っただけだ。何だ？　私が今回の殺人に関係しておるとでも考えているのか？」

「いつ頃のことです？　お会いになられたのは？」

望月は基本的な尋問テクニックのひとつを使っていた。

相手の問い直しには一切こたえず、矢継《やつ》ぎ早《ばや》に質問をするのだ。相手は嘘を考える余裕がなくなり、なおかつ一方的に質問されることによって、どんどん立場が弱くなっていくのだ。

竹本和太郎は居心地《いごこち》悪そうに、坐り直した。

「たしか三年前だったな……」

「どういう用事で会われたのですか？」

「どうせ調べはついておるのだろう？」

「どういう用事で会われたのですか？」

「『不動流』がどの程度のものか、見せてもらいに行った」

「つまり道場破りと考えていいですね」

「君……。そんなおおげさなものではない」

「それで……」

望月は一転して質問のテンポを変えた。「『不動流』について、どんな印象を受けられました？」

「そうだな」

明らかに竹本和太郎に安堵《あんど》の表情が浮かんだ。

「長尾くんは総合武道などとしきりに言っておったが、私に言わせれば、『不動流』は、いろいろな武術の寄せ集めに過ぎん」

「なるほど……。『不動流』を実際にごらんになろうとなさったのは、あなたご自身の意志ですか？」

「もちろんだ。私は古今東西の武術に、常に興味を持とうとしておる」

「『日本武道振興会会員』という看板が出ていましたね……」

竹本和太郎は、一瞬警戒の色を見せた。望月はそれを見逃さなかった。

「そう。梅崎俊法先生はご存じだろうね。梅崎先生は、日本の古武道にたいへんなご理解を示しておいでだ。『日本武道振興会』は梅崎先生が作られた団体でね。この団体に加盟させてもらえるというのは、武道家にとってたいへん名誉なことなのだよ」

「ほう、そうですか……」

望月は手帳を閉じた。「武道家の名誉というのは、もっと別なものだと想像していたのですがね……」

「どういう意味かね？」

「いえ……。『不動流』は『日本武道振興会』には加盟していなかったようですね」

「あんな新参の寄せ集め格闘技が参加を許されるはずがない」

望月はいろいろと考えるべきことがあるような気がした。

彼は、一般的な質問をしてその場をあとにした。

四章　抹殺指令

1

奈良県下北山村《しもきたやま》。大峰山脈大臼岳の麓《ふもと》にある『三六教《みろく》』総本山では、月に一度の大法会《ほうえ》が開かれていた。

一階の本堂には、およそ五百人の信者が詰めかけていた。

教祖・梅崎俊法の説教を、直々《じきじき》に拝聴しようと全国から集まった信者たちだった。

教祖の説法は、午前、午後、夜と三回行なわれ、信者たちはそのつど入れ替わることになっている。

したがって、この日だけで、本堂を訪れる信者は千五百人から二千人におよぶ。

さらに、本堂に入《はい》れず、境内で、ビデオのモニターに映し出される教祖の法話《ほうわ》に耳を傾ける信者を加えたら、その数は五千から七千を数えただろう。

ＰＡ装置で拡大された、梅崎俊法の声が広い本堂集会場に響いた。

その声はしわがれており、聞き取りにくかったが、そのために信者たちはかえって集中していた。

「……み仏入滅《にゅうめつ》のち、五十六億七千万年後にこの世に下生《げしょう》なさり、悟りをお開きになって如来《にょらい》となり、衆生《しゅじょう》をお救いになるという弥勒菩薩《みろくぼさつ》。ご存じのとおり、如来とはみ仏のこと、菩薩とは、如来になるべく修行をなさっている御霊《みたま》を言います。

弥勒菩薩さまは、いつかはきっとこの世においでになる。これは確かなことです。しかし、しかしながら、今のこの世をごらんなさい。国内の政治は腐敗し、風俗は乱れ、世にもおそろしい事件が起こり続けております。

目を国外に転じると、どうでしょう。果てしなく続く、インドシナ、中東、アフリカ、中南米の紛争。そして、年々深刻化する自然破壊――。

皆さんは、いついらっしゃるかわからない弥勒さまを、ただじっと待っていられますか?」

梅崎俊法はそこで長い間《ま》を取った。話の内容が信者の心の奥まで沁《し》みわたるのを待っているのだった。

そして、さらに注意を引くために、一段声を落とすようにして続けた。

「じつはね、皆さん。この世の乱れは、この世だけのことではないのですよ。霊界の乱れがこの世にも影響をおよぼしている。これは確かなのです。

卵が先か、鶏《にわとり》が先か――まあ、そういう問題になりますがね……。人が死したのち、魂は霊界に帰ります。そこで修行の度合いを計られ、再び地上に下生《げしょう》する。魂は不滅です。そのことは、皆さんならばよくおわかりのことと思います。

霊格によって、人として生まれるか、またそれ以外になるかが決まります。これまではその流れは絶えることなく続いてきました」

そこで俊法は声を高めた。

「しかるに、です。このところ、一度霊界に戻るや、地上へ下《くだ》るのを嫌がる御霊《みたま》が多くなってきたのです。上級霊ほどこの傾向が見られます。それでも人間は生まれて来る。これは、どういうことだとお考えですか?」

俊法は、信者たちで埋め尽くされた本堂集会場をゆっくりと見渡した。

信者たちが自分の話に引き込まれている様子がはっきりとわかり、満足した。

「これはおそろしいことです。地上に高級霊はやって来ず、代わりに、本来ならば人間として生まれては来られないはずの低級な霊が、人間として生まれてくるようになったのです。これは、この世がそのまま畜生《ちくしょう》道、修羅《しゅら》道、餓鬼《がき》道になり果ててゆくことを意味します」

仏教では、この世を、地獄、餓鬼、畜生、修羅、人間、天上の六つに分けている。これを『六道《りくどう》』と呼ぶ。

本山に足を運ぶほどの熱心な信者なら、当然、その意味を知っていた。

「高級霊が、腐敗してゆく現世に愛想をつかしたとも言えましょう。それ故《ゆえ》に、この世に戻ることをやめてしまったのです。そして、この世は、本来ならば天上に近づいていくべきであったのに、餓鬼、畜生、修羅が人の皮をかぶって跋扈《ばっこ》しているがために、どんどん地獄に近づきつつあります。そうすると、余計に高級霊は近づきづらくなる。卵が先か鶏が先かと申したのはそういう意味です」

俊法は、枯れた声で淡々と語っているが、絶望の輝きを含ませるのを忘れなかった。

ここで語調が一転する。

「しかし、皆さん。弥勒さまがおいでになる。わが『三六教』は、釈尊《しゃくそん》入滅後、五十六億七千万年後などという漠然とした未来に、ではなく、ごく近い将来にこの世に下生《げしょう》してくださることをお願いするための教団です。『三六教』の三は密教で言う三大の三――すなわち、体《たい》、相《そう》、用《よう》の関係を表わします。『三六教』の六は、同じく密教で言うところの六大を表わしています。六大とはすなわち、地《ち》、水《すい》、火《か》、風《ふう》、空《くう》、識《しき》という法の源《みなもと》であります。

六つの法の源を、三つの関係でとらえる。そこに真実があります。真実の生活を実践し、熱心にお願いをすれば、この世をお見捨てになろうとしている御霊《みたま》さんたちも、また、戻っておいでになるでしょう。

そして、そのことが一日も早く、この世に弥勒さまがおいでになることにつながるのです……」

梅崎俊法の法話が終わると、僧侶《そうりょ》の出立《いでた》ちの教団幹部が壇上に三人現われ、『般若経《はんにゃきょう》』

を唱え始めた。

会場の信者たちがそれに唱和し始めた。

荘厳《そうごん》な読経《どきょう》の響きが、総本山ビル全体を包み込んだ。

俊法は、金色《こんじき》の袈裟《けさ》をはずして机に向かって坐った。

教祖の部屋には、ひとりの男が立っていた。彼は、立ったまま、俊法を待ち続けていたのだった。東堂猛だった。

たいへん地味な服装をしている。黒いスーツにグレーのネクタイ。バッジは付けていない。

東堂は俊法に深々と礼をした。

俊法は冷たく東堂を見た。

「どうした……?」

「事件の処理の準備がととのいました」

梅崎俊法は、わずかに苦《にが》い顔をして見せた。

「いちいちそんなことを報告に来いとは言わなかったはずだ」

長い説法のあとで、俊法の声はいつにも増してしわがれていた。

「はい……」

「つまり、目撃者を殺したということなのか? 長尾の娘を……? 新聞にはそのような記事は出ていなかったと思うが……」

「いえ、殺してはいません」

「では、おまえは、長尾の娘が記憶をなくしているという警察の発表を信じたというわけか？」

「そのことはご存じでしたか……」

「私だってね、新聞くらいはちゃんと読むんだよ。……で？　その記事のせいで、長尾の娘を生かすことにしたのか？」

「そうではありません。私の下の者がいろいろと調べました。あの新聞記事は事実だということを確認しました」

梅崎俊法は、東堂を見据えた。

「何を考えておる……」

東堂は床を見つめたまま、直立している。

「おまえほどの冷酷な男が、何を迷っておるのだ？」

「は……。ご存じのとおり、私の組は武闘派で鳴らしています。私らの稼業は相手を恐れさせて日銭《ひぜに》を稼《かせ》ぐのです」

「余計な前置きはいい」

「申し訳ありません……。じつは、うちの代貸《だいがし》が長尾の娘を殺すことに反対しております。身《み》過《す》ぎ世《よ》過《す》ぎを考えにゃならんと、その男は申します。今回のことは、一例に過ぎません。

一時が万事こういったありさまで……」

「つまり、おまえは、その片腕ともいうべき人間を殺すつもりでいるというわけか?」

「俊法さまが、娘を殺せと言われるのなら、そういうことになると思います。私は私なりに、自分のやり方を周囲の人間に示さなければなりません」

「見せしめというわけか?」

「はい……」

「ヤクザふぜいが、恰好《かっこう》をつけおって。本音《ほんね》は別のところにあるのではないか?」

「は……?」

「長尾の娘を生かしておくべきか、殺してしまうか——その判断を私にあずけようというのだろう。自分では責任を負いかねる、と……」

「おそれいります……」

「どうして気が変わった? 最初は何が何でも消すつもりでおったのだろうが……」

「ものごとには勢いというものがございます。時が経《た》ってしまうと、自分の立場、相手の立場など、いらぬものが見えてきてしまいます……」

「おまえのような者にも仏心《ぶっしん》が残っておったか……」

東堂は、驚いたように顔を上げて梅崎俊法の顔を見た。だが、またすぐに眼を伏せてしまった。

梅崎俊法はしばらく黙っていた。彼の頭の中を、さまざまな考えが往《い》き交《か》っていた。

やがて俊法は言った。

「殺せ」

東堂は俯《うつむ》いたままだった。

「長尾の娘も、そのおまえの手下とやらも……。邪魔なら、皆消してしまえ」

「はい」

東堂は礼をした。

「話がそれだけなら、消えるがいい」

「はい……。失礼します」

東堂猛はもう一度、深々と礼をしてあとずさった。

彼がドアのノブに手を掛けたとき、俊法が呼び止めた。

東堂は俊法の顔を見た。

「世をすねて、日の射《さ》さぬ道を歩むようになったおまえだろうが」

俊法が言った。「それでも救われようと思うのか?」

「いえ……」

「まやかしを言っても無駄だ。おまえの心の片隅《かたすみ》に、自分も救われたいと願う気持ちがあったはずだ。たしかに『三六教』は万人を救うと私は教えておる。弥勒菩薩《みろくぼさつ》はすべての生き物を救うためにやって来られるとな……。だが、なかにはけっして救われぬ人間もいる。おまえもそのひとりだ」

東堂は、俊法をじっと見つめていたが、やがて眼をそらした。

彼はつぶやくように「はい」と言っただけだった。

「なぜだか知りたいか？　知りたければ教えてやろう。おまえには修羅が憑《つ》いておる」

「修羅……」

「阿修羅《あしゅら》よ。いくら観音や弥勒の菩薩が救おうとしても、おまえに憑いている阿修羅がそれを蹴散《けち》らそうとするのだ。阿修羅はどんな高級霊にも平気で牙《きば》を剝《む》く。阿修羅に憑かれている限り、おまえは救われん。あわれよの……」

東堂はきっと顔を上げた。

「阿修羅けっこう。極道には、これ以上の守り神はありません」

彼はドアを出て行った。

東堂は秘書室で、恰幅《かっぷく》のいい男たち三人とすれ違った。

東堂は顔を伏せ、端《はし》に寄った。男たちは、東堂などまったく眼中にないという態度で、入れ替わりに、俊法のドアを潜った。

東堂はその三人の男の顔を知っていた。

ひとりは、財界の大物で、経済団体連合会の幹部役員であり、大きな発言力を持っていた。

ひとりは、第二次大戦後、戦犯リストに名を連《つら》ねたことのある大物右翼だった。この男は、保守党に対して無理の利《き》く立場にあった。

また、彼は、『日本空手道諸派連合』という財団法人の会長をつとめていることでも知られていた。

最後のひとりは、現職の政治家だった。関西のある県選出の衆議院議員だ。

東堂は、一度も振り返らずに秘書室を出た。おそらく、あの三人は自分のことなど知らないだろうと思った。

(悪党にも器《うつわ》ってもんがあるようだ)

東堂は心のなかでつぶやいていた。

(阿修羅か……。上等じゃないか……)


東京五方面西部系一五五・六二五メガヘルツで呼び出しがあった。

「移動中の板橋《いたばし》5、移動中の板橋5。署活系にて、板橋署に連絡されたし」

板橋5というのは、望月が乗っていた覆面パトカーだった。

警視庁の通信司令室から呼び出しがあったのだ。

ハンドルを握っていた板橋署捜査四課——通称マル暴担当の刑事は、マイクを取って言った。

「板橋5、了解」

続いて刑事は、無線を、署外活動系と呼ばれる周波数に切り替えた。

板橋署の割り当て署活系周波数は三四七・八二五〇メガヘルツだ。

マル暴担当刑事は、マイクのトークボタンを押して呼びかけた。

「板橋署。こちら板橋5、どうぞ」

「板橋5。そちらに、群馬県警の捜査員の方は同乗されてますか?」

「ここにおられるが……」

「群馬県警からの連絡です。至急、捜査を中止して、桐生署の捜査本部へ戻るように、とのことです」

板橋署の通信担当は、伝言を繰り返した。

マル暴担当刑事は、横目でちらりと望月を見た。

望月には理由がわからなかった。彼は首を横に振って見せた。

「板橋5、了解」

マル暴担当刑事は、無線マイクをフックにかけると、望月に言った。

「……ということですが、どうしますね?」

望月はしばし考えてから答えた。

「ここまで来て、そのまま引き返す手もないでしょう」

「私はどっちでもかまいませんがね……」

彼らは覆面パトカーで、東堂組の事務所に向かっていた。

望月は、ジャクソンと飛鳥が作ったリストの中で、飛鳥が○印をつけた最後の武術家を訪ねたのだった。

武術家というより格闘技家と呼ぶのが正しいようだった。飛鳥がチェックした最後の道場破りは、『無極塾』の実戦空手家・浦上昌造だった。

『無極塾』本部を訪ねると、師範代が出て来て、浦上は留守だという。

行き先を訊いたところ、東堂組へ指導に行っているということだった。

荒っぽさでは定評のある実戦空手の道場主が、暴力団を指導しているという事実に、望月は、驚きと衝撃と、わずかな怒りを覚えた。

「よくあることですよ」

事情を話すと、板橋署捜査四課の刑事は事もなげに言った。

覆面パトカーが東堂組事務所の前へさしかかった。

ベンツが、有刺鉄線《ゆうし》の柵《さく》の脇に停《と》めてあるのだが、それが斜めであるうえに、大幅に道路にはみ出していた。

板橋署の刑事は、舌打ちして、クラクションを鳴らした。

たちまち、黒いトレーニングウエアを着た若い連中が飛び出して来て、覆面パトカーを囲んだ。準構成員たちだ。

マル暴担当刑事は、運転席の窓を開けて怒鳴った。

「そこのベンツを寄せろ、このタコども。俺はあんまり運転がうまくないんでな。横っ腹が傷だらけになっても知らねえぞ」

たいした凄《すご》みだと望月は思った。

どこの署でも同じだが、暴力団担当の刑事たちは、たいていは組員と見分けがつかなくなってくる。

黒いトレーニングウエアの若い連中は明らかに気圧《けお》されたが、なかに、分別もなくことさらに血の気の多いのがいた。

その若者が顔を赤くして怒鳴り返した。

「なに、てめえ、ここをどこだと思ってやがんだ」

パトカーを取り囲んだ連中は明らかに十代だった。何人かは、すでに目の前の車が覆面パトカーであることに気づいていた。

だが、彼らはどうすればいいかわからなかったのだ。

奥から、組員が現われた。

「どうした、おまえら」

威勢がよかった。だが、行儀見習いの準構成員たちが取り囲んでいる車の、運転席を一目見て、急に腰が低くなった。

「あ、これは……」

組員は周囲の若者を怒鳴りつけた。

若者たちは、ここぞとばかりにぱっと散った。引き際を作ってもらうのを待っていたのだ。

「たいしたしつけだな、おい」

板橋署の刑事が組員に言った。

「おそれいります」

「そのベンツ、よけてくれるとありがたいんだがな。その向こうに、この車を付けたいんだ」

「うちにご用で……?」

「用がなきゃ、誰がこんなところに来るかよ」

ベンツはすぐに動き始めた。

2

「私が浦上ですが……」

汗を拭《ふ》きながら、空手衣姿の体格のいい男が言った。

この男もヤクザ顔負けの底光りする眼《め》つきをしている。

もともとそうだったのか、こういう場所に出入りするようになってからそうなったのか、望月にはわからなかった。

たぶん前者だろうと、望月は想像した。

一階のガレージで、望月と浦上は立ち話をする恰好《かっこう》になっていた。

稽古《けいこ》が中断されて、練習をしていた組員たちは、それぞれにだらしのない恰好で休憩を取っている。彼らは、しきりに望月の方を気にしていた。

板橋署の刑事は、階段を昇って行ったきり、降りて来なかった。

彼には彼のやるべきことがあるのだろうと望月は思っていた。

彼は浦上に尋ねた。

「長尾高久氏をご存じですね？」

「知ってますよ」

浦上は面倒《めんどう》くさげにうなずいた。「撃たれて死んだそうですね。まあ、あの人らしい死に方かも知れない」

「それはどういう意味ですか？」

刑事は、相手がうかつに口をすべらせたと思われる事柄を、絶対に聞き逃してはならない。

浦上はわずかにいい淀《よど》んだが、それだけにすぎなかった。

「……言ったとおりの意味ですよ。古武道をやりながら、実戦、実戦と言うんだから、目にもの見せてやる、という連中も多かったでしょうね」

「あなたもそのひとりだというわけだ」

「ええ」

浦上はあっさりと肯定《こうてい》した。「そう思っていました。古武道ごときが、われわれのやっているパワーとスピードの空手に対抗できるはずがないと思っていましたからね……」

「そして、あなたは実際に長尾高久氏の道場を訪ねた……」

「そうですよ」

「道場破りということですか?」

「まあ、早く言えばそういうことになりますね。自分が勝てば、もう相手に『不動流』など名乗らせないつもりでしたからね」

「だが、『不動流』はつぶれなかった……。ということは、あなたは勝てなかったということですか?」

浦上はたいへん不機嫌そうな顔になった。単純な男だ、と望月は思った。

単純な人間ほど尋問はやりやすい——。

「長尾は勝負を避けたのですよ」

浦上昌造は腹立たしげに言った。「こちらは真剣勝負を挑んだが、むこうはけっしてそれにこたえようとはしなかった……」

「ほう……。私の聞いたところでは、『不動流』が試合するときは、必ずどちらかが死ぬときだ、と言うことですが……」

「そう言って、勝負を逃げているだけですよ」

浦上は顔をしかめて見せた。

「まあ……。いずれにしろ、あなたが訪ねて行ったときには、長尾高久氏との勝負は行なわれなかった。したがって、あなたと長尾高久氏との間には遺恨沙汰はなかったということとになりますね」

「そういうことです」

「しかし、『不動流』の門弟の方は、そうは思っておられないようだ」

「むこうが何を言っているか知りませんがね。長尾高久が勝負を逃げたことは事実です」

望月は、なぜ飛鳥がこの男の名に印をつけたかがよくわかるような気がした。

この男はたしかに空手の実力もあるのだろう。しかし、浦上昌造の中心にあるのは求道《ぐどう》の心ではなく、虚栄心にほかならない——望月はそう思った。

「『不動流』の道場をお訪ねになったのは、一度だけですか？」

「そうです」

「その後は一度もいらっしゃっていない？」

「行っていません。行くだけの価値はないと思っていましたからね」

「なるほど……」

「すみませんが稽古中ですんで……」

浦上は言った。迷惑そうな顔をしているが、じつは迷惑なのではなく不安なのだ。

望月にはそれがよくわかった。

「あと少しだけ……。長尾高久氏を撃った相手について、何か心当たりはありませんかね？」

「さあ……。武道家は、言ってみれば敵だらけですからね」

「しかし、拳銃で撃たれたのですよ」

「飲み屋なんかでヤクザと喧嘩でもしたんじゃないですか?」

「ヤクザね……」

望月は、ガレージの隅《すみ》にひとかたまりになって一息入れている組員たちを一瞥《いちべつ》した。

「いや……。例えばの話です」

浦上はあわてて言った。

「長尾高久氏は、酔って街中《まちなか》で喧嘩《けんか》をするような人なのですか?」

「親しくしていたわけではないので、そういったことは知りません。いいですか? 自分が彼と会ったのは一度だけなんですよ」

「そうでしたね……」

「もういいでしょうか?」

「最後にひとつだけ……」

浦上は露骨にため息を吐《つ》いた。

こんなに堪《こら》え性《しょう》のない男が、どうして空手の一派を起こせたのか、望月には不思議だった。

「梅崎俊法の『日本武道振興会』という団体を知っていますか」

望月は慎重《しんちょう》に尋ねた。

浦上の態度が急変した。望月には彼が、にわかに姿勢を正したように見えた。

「梅崎俊法先生は、本当の意味での私の恩人です」

「ほう……」

望月は、浦上と『日本武道振興会』の関係をある程度予想していたが、浦上の口調に驚かずにはいられなかった。

「わが『無極塾』は、梅崎俊法先生に救われたのです」

「よかったら、そのへんの事情を話していただけませんか」

浦上は話した。急に雄弁になった印象があった。

「ほう……。そうすると、『無極塾』――あなたの流派は、梅崎俊法氏に認められたというわけですね」

「そうです。武道家、格闘技家として、これ以上の名誉はありません」

望月は別のところで、まったく同じ台詞《せりふ》を聞いたのを思い出した。

「では、あなたの『無極塾』も、『日本武道振興会』に加盟なさっているわけですね」

「もちろんです」

望月は手帳を音を立てて閉じた。質問の終わりを意味していた。

飛鳥が○印をつけた道場破りたちと、『日本武道振興会』会員の一見奇妙な一致――望月はそこに重大な意味があるような気がした。

（嘉納飛鳥は『日本武道振興会』のことを知っているのだろうか）

望月は考えた。（知らないとしたら、この○印は新たなる意味を持ってくる。知ってい

るとしたら、飛鳥に何らかの意図があったのかもしれない）
望月は考えながら、板橋署の刑事の姿を求めて階段へ向かった。

「刑事が来ている？」

組員の知らせを、二階の事務所で聞いた代貸の森脇はまったく動じなかった。「いいんだ。好きにさせておけ」

森脇は、この組事務所に刑事が来るだけの理由があると考えていた。

「ですが……」

組員はいった。「やつら、組の者《もん》にじゃなく、空手の先生に尋問してるんですぜ」

いつも冷静沈着な森脇が、わずかに顔色を変えた。

「浦上先生に……」

「ええ……」

森脇の表情が曇った。

森脇は、刑事が浦上に尋問するなどまったく予想していなかった。

「何を訊いている？」

「どうも、長尾高久の一件らしいんですが……」

「そんなことはわかっている」

「そばに寄れないもんで、詳しい内容は……」

森脇勇次は立ち上がった。グレーの背広のすそを引っ張って服装を正すと、事務所の出入口に向かった。

ドアを開けると、そこに、板橋署のマル暴担当の刑事が立っていた。

森脇は立ち止まらざるを得なかった。

刑事が言った。

「よう。森脇……。しばらくだなあ」

「ご無沙汰しております」

「おまえらの無沙汰は、こっちにとってはありがたいよ」

「恐縮です」

「ところで、血相変えてどこ行こうってんだ?」

「別に顔色を変えているつもりはありませんが……」

「いや……。おまえらしくもなくあわててるな……」

「正直に言いますとね、どうして私らが尋問されないで、うちの空手の先生が尋問されているのかわかりませんでね、多少うろたえているのですよ」

刑事の表情が鋭くなった。

「おまえ、俺たちが何でここへやって来たか知っている口振りだな……」

「ふざけんでください。『不動流』とかいう武道の長尾高久の件でしょう?」

「なぜだ?」

刑事の口調は慎重になった。「なぜ、そう思う?」

「なぜ、ですって?」

今度は森脇が警戒し始めた。話が噛《か》み合っていないのに気づいたのだ。

森脇は、口をつぐんだ。これ以上はしゃべらないほうが得策だと踏んだのだ。

刑事が、森脇を睨《にら》みすえて言った。

「たしかに俺たちは長尾高久氏殺害の件で、ここへやって来た。それをまさか、そっちの口から聞こうとは思わなかった……。群馬県警の強行犯担当の刑事さんがな、あるリストを持っていたんだ。なんのリストだと思う?」

「さあ……」

「『不動流』に道場破りに行った武道家のリストだ。そのリストの中に、ここで空手を教えている先生の名前があったというわけだ。そうさ。俺たちは、おまえらに会いに来たわけじゃない。その空手の先生がお目当てだったんだ」

「じゃあ……」

森脇は瞬時に頭の中で事実関係をまとめ上げ、落ち着きを取り戻した。「まだご存じないんですね」

「何をだ?」

「昔、うちに出入りしていた若い者《もん》が、さきほど桐生署に自首したのです。いえ、私らも桐生署からの電話で知らされたんですがね……。てっきり、その件でいらしたのかと……」

板橋署の刑事は眉根にしわを寄せた。彼はいっそう鋭い眼つきになって、森脇に顔を寄せた。

「てめえ……、小細工《こざいく》しやがると、多少痛いめにあうくらいじゃ済まんぞ。こいつは出入りなんかじゃねえんだ。殺人事件なんだ……」

「私らのことを心配してくださるんですか」

「ふざけるな。警察をなめるなと言ってるんだ」

「勘弁してくださいよ」

森脇は完全にいつもの余裕を取り戻していた。

「私ら、何も知りません。ずいぶん前に破門になったチンピラのやったことです。そうそう。そういえば、そのチンピラは、空手の浦上先生をずいぶん慕っていましたっけ……」

刑事の顔は怒りで赤く染まった。彼は、東堂組で唯一の頭脳派である、この森脇勇次という男の、手強《てごわ》さをよく知っていた。

階段を昇って来る靴音が聞こえた。

その靴音が、板橋署の刑事の後ろで止まった。

刑事は振り向いた。

望月が立っていた。望月は、敏感にその場の雰囲気を察知したようだった。ふたりの顔を交互に眺めている。

森脇は丁寧《ていねい》に頭を下げた。

「邪魔したな、森脇」

刑事は言った。「また来ることになるかもしれん。東堂にそう言っておけ」

彼は階段を下った。

望月はそのあとを追った。彼は、刑事の名を度忘れし、さきほどもらったばかりの名刺を取り出した。

染谷《そめや》進《すすむ》という名だった。階級は望月と同じ巡査部長だったが、年齢は五歳ほど上のようだった。ちょうど四十歳くらいだろう。

望月は呼びかけた。

「染谷さん」

相手は振り向こうともしない。組員がたむろする敷地内をまっすぐに進み、覆面パトカーに乗り込んだ。

染谷は、そこで初めて口を開いた。

「望月さんだったね――」

「はい……」

「あんた、いいとこまで詰めてきた。だが、そいつは無駄骨になるかもしれないよ」

「え……」

染谷は事情を話した。

望月は桐生署へ飛んで帰った。

捜査本部へ駆け込むと、係長である警部補に尋ねた。

「自首して来たって本当ですか？」

「ああ……。まあ、落ち着け。茶でも飲んだらどうだ」

「出がらしなんて飲む気になれませんね。いま、どこです？」

「取調室だよ。堀内くんが取り調べをしているところだ」

「もと東堂組のチンピラだということですが……」

係長は、一度うなずいてから、さっと顔を上げてしげしげと望月を見た。

「どこでそれを聞いたんだ？」

望月は、はやる心を抑《おさ》えようとした。

「東堂組で聞いたんですよ」

「何だって……？」

「私は今まで東堂組にいたんです。じつは、東堂組の事務所へ向かう途中のパトカーの中で、署へ戻れという伝言を聞いたのですがね……」

「……どういうことだ……？」

「いいですか、係長。私は、まったく別のルートから東堂組へたどり着いたのです。そう、例の道場破りのリストです。それだけじゃありません。あのリストから、妙なことが浮かび始めたのです」

捜査本部に残っていた二名の刑事が、望月と係長のやりとりに聞き耳を立て始めていた。

望月は、リストにつけられた飛鳥の○印と、『日本武道振興会』加盟者の符合の件を説明した。

「偶然じゃないのかね?」

「係長。偶然という言葉は、われわれ捜査員にとって、タブーだったはずです」

「その嘉納飛鳥というお弟子さんが、『日本武道振興会』に、何らかの理由で反感を持っており、故意に加盟者に印をつけたとも考えられる」

「そうかもしれません。しかし、そうでないのかもしれません。調べるべきだと思います。事実、私は、このリストだけを頼りに東堂組までたどり着いているのです」

係長はむずかしい顔をした。

「自首して来たチンピラは、拳銃を持っていてね……。スミス・アンド・ウェッスンの三八口径だ。たぶんライフル・マークも一致するだろう。鑑識の報告待ちだがね……。さらに、自供内容が信ずるに足るものだったら、私らは、そっくり検察へ送らねばならない。おそらく課長はそう判断するだろう」

「しかし——」

「わかっている」

係長は望月を制した。「君が調べ出したこともちろん考慮に入れる」

望月は、それ以上何を言うべきかわからず、係長から離れた。

彼は、そのまま廊下に出て、取調室に近づいて行った。

取調室の戸口に、制服警官が立っていた。

その脇で、刑事課長とベテランの部長刑事が小声で話し合っていた。

「どうですか――?」

望月は、気乗りのしない口調でふたりに尋ねた。

ふたりは振り返って望月の顔を見た。

課長が言った。

「おう、帰っていたのか……」

「つい、今しがた」

「事情は聞いたな」

「ええ……。妙なところで……」

「妙なところ?」

「帰って来る前に聞いていたのですよ。じつはさっきまで東堂組にいましてね」

課長と年配の刑事は顔を見合わせた。

年配の刑事が尋ねた。

「そりゃ、どういうことだね?」

望月は、手短かに説明した。

課長と年配の刑事はまた顔を見合わせた。

「梅崎俊法だと……?」

課長がつぶやいた。「面白くない話だな、おい」

「面白くないのはこっちですよ」望月が言った。「今回の殺人には、何か得体《えたい》の知れない動機があるような気がしてきたんです。なのに、犯人の自首で、捜査本部は解散——そういうわけでしょう？」

「それについて、今話し合っていたんだ。やつは凶器を持って来やがった。東堂組に因果を含められてやって来たのは明らかだ。だが、何といっても状況証拠や推論より、物的証拠が強い」

課長が言った。それを年配の刑事が補《おぎな》った。

「頭《ペテン》の切れるやつが台本書いたらしく、供述にも矛盾がない。だがね。課長はこう考えている——われわれには切り札がある」

「切り札？」

「そうだ」

課長はうなずいた。「マル被（被害者）の娘さんだ。彼女が回復すれば……」

望月は、すべてを聞き終える前に、署の外へ向かった。

3

長尾久遠は、完全に日常性を取り戻したかに見えた。

普段の生活をするには、何の支障もなかった。日常の会話も通常どおり行なえるようになった。

忌引《きび》きということで学校を休んでいるが、明日にでも登校できる状態だった。

ただ、長年寝食をともにしてきた飛鳥や、ポール・ジャクソンの眼から見ると、正常というにはほど遠かった。

久遠は、よくしゃべる快活な女の子だったが、目に見えて無口になった。

表情豊かな娘だったが、人形のように落ち着いてしまった。常に穏やかな微笑を浮かべているように見える。

「いったい何が降りて来てるのかしらね」

飛鳥が白燕に言った。「神々《こうごう》しいというより、薄気味悪いわよね」

「いずれにしろ、かなり霊格が高い守護神だな」

白燕の口調はいつしかすっかりうちとけた感じになっていた。「薄気味悪いなどと言うと、バチが当たるぞ」

ふたりは居間の卓袱台《ちゃぶだい》に向かって茶をすすりながら話をしていた。

そこへジャクソンがやって来た。複雑な表情をしている。

飛鳥がその顔を見て言った。

「また久遠に何か言われたんでしょう?」

ジャクソンは、肩をすぼめて、白燕のとなりに腰を下ろした。

「だめよ、面白半分でちょっかい出しちゃ……」

「そんなつもりはありません」

「何を言われたの?」

「アスカには弁財天がついている。ビャクエンには不動明王がついている。じゃあ、僕には何がついているのか? そう尋ねたのです」

「あきれたわね……。何でまたそんなこと訊いたのよ」

「興味があったのですよ。守護神だの守護霊だのというのは、いったいどんなものなのか――」

「それで、久遠さんは何と――?」

白燕が尋ねる。

「ミカエルがついていると……」

「ミカエル……?」

飛鳥が言った。「天使じゃないの!」

「そうなのです……」

「日本人には、日本人が信仰する神仏がつき、西洋人には天使がつくというの? 何だか虫のいい話ね」

「それが、どうもそうではないらしいのです……」

「どういうこと?」

「お嬢さんが言ったことを、正確に伝えられるかどうかはわかりません。でも、いちおう納得のいく説明だったと思います」

「話してよ。聞いてみたいじゃない」

「お嬢さんによると、キリスト教徒が神と呼んでいる霊も、ブッダを導いた霊も、その他の宗教で最高神とされている霊もまったく同じ霊だというのです。民族によってとらえ方が違い、記録のされ方が違ってくるというのです。日本で守護霊と呼ばれているものを、ようやく僕は思い出すことができました。天使だったのです。天使というのは、人間ひとりひとりを守護し、善を勧《すす》め、悪を避けさせるのです」

「なるほど……」

飛鳥はうなずいた。「まさに私たちの言う守護霊だわね……」

「天使というのは、九つの階級に分かれているのです」

「九つの階級？」

「熾天使《エンジェル・セラフィン》、智天使《エンジェル・チエラビム》、座天使《エンジェル・ソローニ》の上級三隊。主天使《エンジェル・ドミネイションズ》、力天使《エンジェル・ヴァーチュー》、能天使《エンジェル・ポールステイト》の中級三隊、権天使《エンジェル・プリンシパル》、大天使《アークエンジェル》、天使《エンジェル》の下級三隊――この九つです」

「何のことかわからないわね……」

「まあ、いいんです。そういう分け方があるということだけ理解していただければ……。本当にお話ししたいのは、同じ守護霊のことを宗教によって別の呼び方をしているということなのです。例えば――」

ジャクソンは考え込んだ。「仏教でも、四人の代表的な守護神がいるでしょう」

白燕がうなずいた。

「四天王のことだろう。須弥山《しゅみせん》に住み、仏教を守護する四人の天だ。天というのは仏教においては空のことではなく神を意味する。持国天《じこくてん》、増長天《ぞうじょうてん》、広目天《こうもくてん》、毘沙門天《びしゃもんてん》の四神だ」

「キリスト教やイスラム教にも四人の代表的な天使がいます。ガブリエル、ミカエル、アズリール、イスラフィールの四人です。お嬢さんによると、仏教の四天王と、四大天使はまったく同じ霊だというのです。僕についているミカエルは、仏教で言うところの持国天に当たるのだそうです」

「『不動流』は武道ではなく、新興宗教にしたほうがよくはないかしらね」

飛鳥が言うと、白燕がつぶやいた。

「あんた、そのうち本当にバチが当たるぞ」

「それで、久遠は何をしてるの？」

「別に何も……。部屋に坐ってじっとしているみたいです」

「瞑想《めいそう》でもしているのかしらね？」

「瞑想の必要などないだろう」

白燕が言った。「瞑想はいわば、霊界とのチャンネルを開くためのものだ。お嬢さんは、すでにそのチャンネルを開いてしまっている」

「何を見ているのかしらね、あの娘《こ》」

溜《た》め息を吐《つ》きながら飛鳥が言った。

玄関で人の声がした。

「客のようだな……」

白燕が言う。

飛鳥が軽《かろ》やかに立ち上がった。

玄関に望月部長刑事が立っていた
飛鳥は膝をついて出迎えた。今どきでは珍しい日本古来の応対だ。

望月はそんなところにも心を動かされた。

「久遠さんの容態についてうかがいたく、お邪魔しました」

望月が言った。

飛鳥は考えていた。警察にはどう話すべきだろう、と。

飛鳥が答えないので、望月がさらに尋ねた。

「あの……。久遠さんは、まだ入院なさっているのでしょうね?」

「いいえ」

「では、こちらにおいでなのですか?」

「おります」

「それは……。つまり、少しはよくなられたということですか?」

飛鳥は小さく溜め息を吐いた。

「警察は、久遠の安全を第一に考えてくださるのでしょうね?」

「もちろん……」

望月は飛鳥の言おうとしていることに気がついた。「久遠さんの記憶が戻られたのですか?」

「記憶が戻ったという言い方は適切ではありませんわ。今まで、他人とまったく話をしようとしなかったのです。完全にまわりを遮断《しゃだん》して、自分の殻《から》の中に閉じこもっていたのです」

「私も一度、病院で様子を拝見していますから、そのへんはわかっております。適当な言葉がみつからなかったものですから……。要するに、久遠さんは、その殻の中から出て来られたわけですか?」

「そう言ってさしつかえないと思います」

「犯人の顔を覚えておいででしょうか?」

「さあ……。あのときの話はまだしておりませんから……」

「会わせていただけませんか?」

「まだ精神的に不安定な状態だと思いますので、ご遠慮いただきたいのですが……」

飛鳥の言葉は丁寧《ていねい》だったが、口調は冷《ひや》やかだった。

彼女は望月の無神経さ、警察の強引さに腹を立てているのだ。

「事情はよくわかります。しかし、こちらも悠長《ゆうちょう》に構えてはいられなくなったのです」

飛鳥は望月の口調に切羽詰《せっぱつ》まったものを感じた。何かが起こったらしいことはすぐにわかった。

興味をそそられたが、彼女は一切その気持ちを表に現わさなかった。

「とにかく、まだ久遠は警察の質問にお答えできる状態ではないと思います」

「やってみなければわからないでしょう」

望月は苛立《いらだ》った口調で言った。

言ってしまってから失敗だったと思ったが、あやまりはしなかった。警察官は、一般市民にあやまったりしてはいけないと教え込まれるのだ。

「ずいぶん無茶をおっしゃるのですね」

飛鳥の態度はいっそう冷やかになった。望月にとってはその点がつらかったが、ここで譲歩するわけにはいかなかった。

望月は自分を落ち着かせるために一度大きく息を吸い込んだ。

彼は、一歩玄関に入り込み、戸を閉めた。そうしておいて、声を低めた。

「ある程度の無茶は承知のうえでのお願いです」

飛鳥は、望月が秘密を共有しようとしているのに気がついた。

その時点で話を聞くのを拒否することもできた。だが、彼女は刑事の話を聞いてみることにした。

望月が言った。

「犯人が名乗り出て来たのです」

飛鳥は心もち眉根を寄せて、じっと望月を見た。

「……それは自首して来た、という意味ですか？」

「厳密に言うと、刑法上の自首というのは、事件が発覚する前に犯人が名乗り出た場合を言うのですが……。まあ、一般的に使われている意味では、自首と言っていいでしょう」

「それは減刑に値《あた》いするのですか？」

「ケース・バイ・ケースです。そして、それを決めるのはわれわれ刑事ではなく法律家です」

「自首して来たのは、本当の犯人ではないのですね？」

「それは何とも言えません。それを、久遠さんに確かめてもらいたいのです」

飛鳥は唇を嚙《か》んだ。

「会わせてもらえませんか？」

望月は懇願する口調で言った。

「警察は、本当に久遠の安全を保障できますか？」

「お約束します」

「捜査の間だけでなく、裁判が続けられている間も――。いえ、そのあともずっと……」

「目撃者に対する当然の義務です」

「信じていいのかしら……?」

飛鳥は、ふと梅崎俊法のことを思い出していた。自首というのは狂言に違いないと思った。

彼女は、俊法がその絶大な影響力の一部を行使したのだと想像したのだ。

梅崎俊法と暴力団のつながりという話が頭の中によみがえった。

身代わりを自首させるというのは暴力団のやり方だ——そこまで彼女は読んだ。

「自首して来たチンピラヤクザが本当の犯人じゃないと証明できるのは、今は久遠だけということ?」

望月はうなずきかけて、驚きの表情で飛鳥を見つめた。

「私は、自首して来たのはヤクザだとは一言《ひとこと》もいわなかったはずですが……」

「でもそうなのでしょう」

望月はうなずかざるを得なかった。

飛鳥はある決意をしたように見えた。

「久遠に会わせることにしましょう」

望月は黙ってうなずいた。

飛鳥が続けた。

「ただし、本人の意志を最優先するという条件つきです。彼女がいやがったら、首実検などはやらせないと約束してください」

「しかたがないでしょう」

応接用の八畳間は、ほとんど飾り気《け》もなく、明かりも、ほの暗い白熱電球を使った照明だけのものだった。

日が暮れかかり、八畳間は奇妙な寂しさを感じさせた。

望月は茶をすすった。

この部屋へ案内されて、十分以上たっている。

茶を飲み干したとき、廊下を渡って来る足音が聞こえた。今は、すでに部屋の中のほうが明るくなっているので、障子に影は映らない。

障子が開いた。飛鳥が廊下に坐っている。久遠が部屋に入り、最初の畳で正座して望月に礼をした。

「どうも……」

望月は、茶会にでも招かれているような気分になった。

久遠が立ち上がり、座卓の下座《しもざ》に坐った。

望月は上座《かみざ》にいるので、ちょうど正面の位置に当たる。

飛鳥は久遠の斜め後ろに坐った。

望月は久遠の美しさにあらためて驚いた。無垢《むく》という言葉があるが、このときの久遠を見てしまった以上、うかつには使えない――望月はそんなことさえ考えていた。

「お待たせしました」

たいへんしっかりした語り口で久遠が言った。

「お話をうかがいます」

最近の高校生とは思えないしゃべり方だった。

もちろん、事件が起きるまでの久遠は、適当に茶目っ気もあり、快活で現代的な娘だった。

しかし、望月にそんなことがわかるはずはない。

望月は、時代劇のお姫様のように堂々としている久遠にすっかり感心してしまった。

「あなたにとっては、最もつらいことを思い出していただかなければならないのです」

望月は話し出した。「そう……。お父さんが殺された瞬間のことです。よく思い出して私の質問に答えていただきたい。いいですか？」

「はい」

久遠はまったく取り乱さなかった。そればかりか表情は穏やかなままだった。

望月は安堵《あんど》して続けた。

「あなたは、お父さんを殺した人物の顔を見ましたか？」

久遠はすぐには口を開かなかった。望月は緊張した。

わずかな沈黙の時間が、ずいぶんと長く感じられた。

久遠は、はっきりとうなずいた。

「はい」

望月と飛鳥の眼が合った。

望月は昂揚《こうよう》を抑《おさ》えきれなかった。

「あのとき、道場の中は暗かったはずです。それでも、顔が見えたのですね」

「はい。はっきりと。あたしたち武道家は、暗視《あんし》の訓練もいたします。それに、暗いといっても、道場にはちゃんと明かりがありました」

「今度、その人物を見たら、そのときの人だとわかりますか？」

「わかります」

ここからが問題だ、と望月は思った。彼は慎重に切り出した。

「じつは、きょう、ある人物が、あの事件の犯人であると名乗り出て来ました」

久遠は、よく光る大きな眼で望月を見つめている。

望月はその様子を観察していた。職業柄、いろいろな人間に出会うが、久遠のような娘は初めてのような気がし始めていた。

何か謀《はか》り事《ごと》を考えたり、よこしまな考えを持つことが恥ずかしくなってくるのだ。望月はそんな自分に気づき、呆《あき》れた。これでは刑事はつとまらない——彼はそう思い、心の中で苦笑していた。

望月は言葉を続けた。

「しかし、われわれには、この人物が本当の犯人ではないという疑うに足る理由があるのです」

「理由があるのなら、調べればいいのではないですか?」

久遠が言った。

望月はどう説明すべきか迷った。久遠に、汚れきった裏側の世界のことが理解できるのだろうかと彼は訝《いぶか》ったのだ。

「その……。相手も法律のことをよく心得ていて、いわゆる法の抜け穴というやつを使うのです。相手が知っているのは、法律のことだけではありません。わたしたちの側の弱み——例えば、官僚的な機構、また、例えば個人的な苦境——そういったものをすべてうまく利用しようとするのです」

「あなた方は、その人を犯人と信じてはいない。でも今のままだと、その人を犯人として処理しなければならない——そういうことですか?」

久遠の口調はあくまでも静かで落ち着いていた。

「そういうことです。そこで、あなたにお願いがあるのです。自首して来た男の顔を見て、本当の犯人かどうかを確かめていただきたいというわけです」

久遠はあっさりとうなずいた。

「いいでしょう。明日、うかがいましょう」

望月は、拍子抜《ひょうしぬ》けする思いさえした。

「助かります。明日の午前——そう……、十時にお迎えにまいります」

久遠はうなずいた。

「もう、失礼してよろしいでしょうか?」

「けっこうです」

久遠は丁寧に頭を下げ、きちんと坐ったまま障子を開け、そして出て行った。

「すいません。ちょっと……」

望月は飛鳥に言った。飛鳥は部屋に残り、障子を閉めた。

「何でしょう」

「ひとつ、うかがいたいことがあるのです」

「どうぞ」

「『日本武道振興会』というのをご存じですか?」

(ほう、警察の捜査能力というのは、まんざらじゃないのね)

飛鳥は心の中でつぶやいてから言った。

「知っています」

「例のリストに印をつけるとき、『日本武道振興会』のことは念頭におありでしたか?」

「いいえ……。思い出しもしなかったわ。なぜですの?」

「あなたが印をつけた武道家――つまり、長尾高久氏に悪感情を抱いていると思われる人々は、例外なく『日本武道振興会』に加盟していました」

飛鳥はさすがに驚きを顔に表わした。

たたみかけるように望月は言った。

「長尾高久氏は『日本武道振興会』に加盟なさっていましたか?」

「いいえ、しかし……」

「しかし、何です?」

「梅崎俊法のことはよく存じておったと思います」

「梅崎俊法……。『日本武道振興会』会長の――、そして『三六教』教祖の――?」

「そうです」

「何かひっかかりますね……。あなた、何か知ってて隠してるんじゃないでしょうね?」

「隠しているわけじゃありません。確信がないだけです」

「確信? いったい何の?」

「事件の裏に梅崎俊法がいるのではないかということです」

望月は油断のない眼で飛鳥を見た。

「久遠に行かせたくなかったのは、そのこともあるのです。三代目宗家を殺した犯人をつかまえても、ひょっとしたら本当の意味での事件の解決にはならないのではないかと思っていたのです」

「警察としては」

望月の眼が凄《すご》みを取り戻した。「その話を聞かせてもらわなければなりませんね」

五章　爆発炎上

1

飛鳥は八畳間に奥田白燕を呼んで来た。

紹介が済むと望月は尋ねた。

「ええと……。白燕さんは、二代目宗家から皆伝を受けられている……。ということは、今、『不動流』では一番位《くらい》が上ということですか？」

白燕はきっぱりと首を横に振った。

「私は『不動流』に対して不義理を働いてきた人間です。今さら、ここで大きな顔はできません。あくまでも、ここにいる嘉納飛鳥とポール・ジャクソンが師範代です。それに――」

白燕は一度、意味ありげに飛鳥の方を見てから言った。「ここには、三代目から皆伝を受けている者がおります。『不動流』においては、その者が名実ともに最高位ということになります」

「ほう……。どなたです、それは？」

「長尾久遠……」

「本当ですか……」

望月は心底《しんそこ》驚いた。

「そう。私が、この体で確かめました。間違いありません」

望月は、たいへん興味をそそられたが、その話は切り上げなければならなかった。訊《き》くべきことはほかにあるのだ。彼は白燕に言った。

「事件の裏に梅崎俊法がいる——あなたはそうお考えになっているそうですが、詳しくお聞かせ願えませんか？」

白燕はうなずき、先日、飛鳥に話したのと同じことを話した。

望月はじっと聞き耳を立てていた。

話を聞き終わると、しばらく考え込み、やがて尋ねた。

「白燕さん……。あなた、どうしてそのようなことを考えるようになったのですか？　また、あなたがお知りになっている梅崎俊法に関する事実——それはどのようにしてお知りになったのですか？」

白燕は、ふと隣りにいる飛鳥を見た。彼女はじっと白燕を見つめている。

「じつはね——」

彼女は言った。「あたしもそれが訊きたかったの」

奥田白燕は望月刑事に視線を戻した。

「私ひとりの胸の中にしまっておくつもりでしたが、どうやらお話ししなくてはならないようですな……」

「ぜひお聞かせいただかなければならない」

望月が言った。「久遠さんを危険から守るためにも……」

白燕は話し始めた。

「先代――つまり、二代目宗家《そうけ》という意味ですが、彼は梅崎俊法と親しく交流しておったのです。まだ互いに若い時代からのつきあいだったそうです。梅崎俊法はたいへん頭が切れる男で、政治的な関心も強い若者だったということです。正義感も強く、国を憂《うれ》える気持ちも人一倍強かった……。あるときから、それが裏目に出始めたのですな……」

「裏目に出た……？」

「乱れていく日本の風俗、腐敗してゆく日本の政治に異常なほどの憤《いきどお》りを示し始めたのだそうです。梅崎俊法は、日本の伝統的な美しさをことのほか愛する人間だったということです。彼は、人々の理想的な生活のあり方を、伝統的な礼儀作法の中に見つけたのでしょう。彼が異常だったのは、力ずくでも世の中をそうした伝統的秩序に変えていこうと考えていたことです」

「なあに、それ……」

飛鳥が呆《あき》れたように言った。「革命とかクーデターとかいった話なの？」

「そう言ってもよろしいでしょう。梅崎俊法は『世直し』と呼んでいたようですがね……。先代は、その話を半《なか》ば笑い話として聞いておられたそうです。若い情熱がありあまっているのだ、と――。しかし、梅崎俊法は本気だったのです。

彼は体格にも恵まれず、体も強いほうではなかったので、ことさら強い者にあこがれていたようです。武術に興味を持ったのもそのせいでしょう。そして彼は、『世直し』に必要なのは、腐敗を打ちこわすための力だと主張し始めたのです。彼は暴力をまったく否定してはいません。それればかりか、『世直し』のためには暴力は何より必要だと考えていたのです。浮かれ騒ぐ連中には、何よりも力による恐怖が薬だと考えていたということです」

「無茶苦茶だわね」

飛鳥が言った。

望月は何も言わず黙っていた。

「先代はよく俊法と議論をしたそうです。つまり、先代はご自分が俊法の捌《は》け口《ぐち》となり、俊法をなだめておったわけです。しかし、あるとき、梅崎俊法は、ぷっつりと先代の前から消えてしまうのです。その時期にじつは修験道《しゅげんどう》の修行をしていたようです」

「修験道……？」

望月が訊いた。

「いわゆる山伏《やまぶし》です。梅崎俊法には、幼いころから独特の力があったらしい。ある程度の霊視ができたのです。その力を高めようとしたのでしょう。先代は晩年、梅崎俊法のことをしきりに気にされておりました。そして、先代が他界されて間もなく、『三六教』が設立されたのです。私と三代目宗家は、先代から俊法の話を聞かされておりましたので、ついに彼が動き始めたのだと考えました。

そのとき、私と三代目は話し合いました。先代の遺志を汲《く》んで、われわれは俊法のもくろみを抑えなければならない、と。長尾高久は一流派を束《たば》ねる身です。弟子たちに対する責任も大きい。そこで私が、密《ひそ》かに『不動流』を去り、陰から梅崎俊法の動きに気を配っておったわけです」

「あなた、貧乏くじを引いたんじゃない!」

飛鳥が言った。「たまげたわね。そこまでする必要があったの?」

「あった、と私は信じている。事実、俊法の危険な計画は、着々と進んでいるように見える」

「高久先生と梅崎俊法はどうして出会ったの?」

「俊法が『日本武道振興会』を設立する際に参加を呼びかけてきたのです。もちろん、三代目はきっぱりと断わりました。その後も何度か直々《じきじき》にやって来ては加盟するようにすめていたようです。三代目と実際にどういうやりとりがあったのか――そこまではわかりません。しかし、先代と同じように、俊法の誤りを正そうとしたのではないか、と私は考えております」

「だから頭にきて先生を殺しちゃったというの？」

「俊法は、『不動流』の強さを認めていた。だからこそ自分の支配下に置きたかったのだ。逆に敵に回りそうだと考えたとき、俊法は『不動流』をおそれたのだと思う。自分に牙《きば》を剝《む》くまえにつぶしてしまおう――そう考えたに違いない」

望月は苦い顔をしていた。

白燕は彼が言いたいことがわかるような気がした。白燕は望月に言った。

「警察に事情を話していれば、高久は死なずに済んだかもしれない――おそらくあなたはそう言いたいのでしょう」

「そのとおりです」

「だが、警察機構は、それほど広くわれわれに門を開いてくれているでしょうか？」

望月は答えなかった。白燕がさらに言った。

「たしかに日本の警察は犯罪検挙率はたいへんに高い。しかし、確証のないことにはなかなか動こうとしない。なぜか――それは、国民全員を疑いの眼で見ようとしているからではないのですか？」

望月はその言葉を、立場上認めるわけにはいかなかった。しかし、はっきりと否定できないのも事実だった。

「まあ警察だってそう捨てたもんでもありませんよ」

望月は飛鳥と白燕を見て、引き揚げる潮《しお》どきと思った。

「いろいろと参考になりました」

彼は常套句《じょうとうく》でその場を締めくくった。「またあした、うかがいます」

深夜の二時を回っていた。『不動流』道場の周囲は民家もなく、虫の音がやかましいくらいに響きわたっている。

いきなり久遠の眼が開いた。

それまで彼女は布団《ふとん》の中でぐっすりと眠っていたのだった。

彼女はゆっくりと起き上がった。闇の中で気配をさぐるように四方を見回している。

彼女はパジャマを着ていた。その姿のまま久遠は廊下へ出た。

隣りの部屋に飛鳥が寝ていた。久遠はその部屋の障子を開け、飛鳥が寝ている布団に近づいた。

飛鳥は久遠の足音で眼を醒《さ》ました。武芸者は五感が鋭くなる。一般の人より神経質になると言ってもいい。

飛鳥は上半身を起こした。

「どうしたの？　久遠……」

彼女は時計を見た。「真夜中じゃない……」

「危険が迫っています」

飛鳥はいっぺんに眠気が吹き飛んだ。

「どういうこと?」

「この家を取り囲んでいる人たちがいます」

飛鳥は跳《は》ね起きた。木綿《もめん》のネグリジェを脱いだ。上半身には何もつけていない。豊かで形のいい乳房が揺れた。

彼女は急いで下着を着け、動きやすいジーンズのパンツとスウェット・セーターを着た。

「冗談じゃないわよ、まったく」

飛鳥は言った。「久遠、あなたもそんな恰好《かっこう》してないで着替えてらっしゃい。私は、ポールと白燕を起こして来るから……」

明かりを消したまま居間に四人が集まった。久遠とジャクソンは、『不動流』の道衣を着ていた。

白燕はいつものとおり、法衣をまとっている。彼は金剛杖《こんごうじょう》を持っていた。

「何の気配もないがな……」

白燕が小声で言った。

飛鳥が答えた。

「今の久遠は、普通じゃないのよ。彼女の言うことを無視すべきじゃないわ」

「それはそうだな……」

「……で、どうします？　相手が攻めて来るまで家の中で待つんですか？」

ジャクソンが尋ねた。

「それは得策じゃないな……」

白燕が言う。「得物《えもの》がこの金剛杖だけでは心もとないしな……」

「道場へ行きましょう」

飛鳥が言った。「できれば気づかれないうちに……。そうすれば武器もあるし、うまくすれば先手を打てるかもしれないわ」

「そうだな」

白燕がうなずく。「敵は何人くらいなんだろう……」

久遠が答えた。

「九人です」

「そんなことまでわかるのですか？」

ジャクソンが驚きの声《こえ》を上げた。

「久遠は、今、人間を超えた視点を持っているのよ」

「『不動流』に喧嘩《けんか》を売るのに、たったの九人か」

白燕がつぶやいた。「なめられたものだな……」

「坊さんとは思えない言い方ね」

飛鳥が言った。「行くわよ」

四人は、いったん玄関へ行って靴を履《は》き、縁側へ向かった。飛鳥ができるだけ音がしないようにガラス戸を開け、さらに、人ひとりがようやく通れるくらい雨戸を開けた。

まず飛鳥が庭へ降りた。次がジャクソンだった。

ふたりは闇の中の気配をさぐった。

久遠が庭に降りた。

その瞬間に黒い影が飛び出してきた。影はふたつだった。

ジャクソンは、半ば反射的に姿勢を低くして、突進して来る影に向かって蹴《け》りを出していた。

ジャクソンの長い脚が、影を深々とつらぬいたように見えた。

しかし、ジャクソンはまったく手応えを感じなかった。紙一重《かみひとえ》でかわされたのだった。

次の瞬間、ジャクソンは青白く反射するものを見た。背筋が寒くなった。相手は刃物を持っているのだ。

ジャクソンの蹴りが鋭く力強かったため、相手もかわすのがやっとだったのだ。

飛鳥はもうひとりの相手をしていた。刃物に気づくのは彼女のほうがジャクソンより早かった。

細く欠けてはいたが、月が出ているおかげだった。

飛鳥は刃物に気づいた瞬間、地面に伏せ、『草薙《くさな》ぎ』の中の一手を使っていた。

鋭く後方に片脚を伸ばし、踵《かかと》で相手の膝《ひざ》か臑《すね》を狙《ねら》うのだ。

『草薙ぎ』は見事に決まった。相手が向かって来る勢いが加わって、破壊力が倍加された。ちょうどカウンターで決まった形だった。

飛鳥の踵は、相手の膝下の靭帯《じんたい》にヒットしていた。

相手の膝関節は折れていた。男は刃物を投げ出し、悲鳴を上げた。

ジャクソンに襲いかかった男は、体勢を立て直して、まっすぐに刃物で突いて来た。

ジャクソンは、体を開くと同時に、左手で刃物を持つ手を外側からさばいた。左足を滑《すべ》るように進める。

たったそれだけの動きで、ジャクソンは相手の左側に密着していた。

そこから、クロスアッパーの要領で、相手の顎《あご》めがけて『鉤突《かぎつ》き上げ』を見舞う。

ジャクソンの大きな右拳が唸《うな》りを上げて顎をとらえた。

顎が砕ける感触があった。

のけ反《ぞ》った相手の首を両手でとらえ、その後頭部に、さらに膝蹴りを叩き込んだ。

危険なため、稽古《けいこ》では絶対に使わない技だ。代わりに、稽古のときは、相手の頭を自分の大腿《だいたい》部に当てるようにするのだ。

相手はひとたまりもなく昏倒《こんとう》し、ジャクソンの前に崩れ落ちた。

そのときにはすでに、飛鳥は膝を折った相手の首筋に鉄槌《てっつい》を振り下ろして止《とど》めを打っていた。

鉄槌というのは、ちょうどハンマーを使う要領で、拳の小指側を使って打つことを言う。

「要領が悪い。手間のかけすぎ！」

飛鳥がジャクソンにささやいた。

「悲鳴を聞かれたはずなのに誰もやって来ない」

白燕が言った。「みな、それぞれの持ち場を守っているということだ。相手はそうとう喧嘩慣れしているな……」

飛鳥は、男たちが取り落とした刃物を見て、うなずいた。その刃物はドスだった。

「そのようね」

彼女はジャクソンに言った。「これは、稽古じゃないのよ。徹底して急所を狙いなさい」

「わかっています」

「殺してもかまわないわ」

そのとき、久遠が言った。

「いけません」

三人は、久遠の方を向いた。

彼女はまったく恐れた様子を見せなかった。

「何を言うの久遠。相手はあたしたちを殺そうとしているのよ」

「でも、命を奪おうとしてはいけません。相手を殺さぬために技を使ってください。殺し合いをするということは、こちらも相手と同じ次元まで落ちるということです」

飛鳥は絶句した。

「あなたの負けだ」

白燕が飛鳥に言った。「次期宗家の言いつけだ。守らんわけにはいくまい。技は殺すためでなく、相手の攻撃能力をなくするために使うのだ。つまり、生かすために技を使うというわけだ」

「坊主だけあって説教好きね。わかったわ。さ、道場へ行くわよ」

飛鳥、ジャクソン、久遠、白燕の順で家の壁に沿って進み始めた。

家の表側に出るまで敵は攻めて来なかった。

そこから四人は一気に道場まで駆けた。

道場の裏から、またふたつの影が飛び出して来た。

やはりドスを持って突っ込んで来る。

飛鳥はためらわず地を蹴った。ジャンプして踏み切った足でひとりの顎を蹴った。

走る勢いを利用した飛び蹴りだ。相手はおもしろいように後方へ吹き飛んだ。倒れたまま動かなくなる。

飛び蹴りは、一対一で対峙《たいじ》したような場合にはほとんど使うことができないが、意表を衝《つ》いたときには大きな威力を発揮する。

特に、今のように走っている目の前に敵が現われたときなどは効果的だ。

もうひとりの攻撃を、ジャクソンはさきほどと同じように体を開いてかわした。

かわしざま、相手の腿《もも》の側面にある急所に、下段の回し蹴りを見舞おうとした。

相手は咄嗟《とっさ》に膝を上げてジャクソンの回し蹴りをブロックした。ジャクソンが足を下ろした瞬間に、敵は見事な上段回し蹴りを放った。

ジャクソンは地面に身を投げ出した。

彼の足が地面に大きく弧を描く。踵《かかと》が相手のふくらはぎに叩き込まれた。刈るような形の『草薙ぎ』だった。

その一撃で相手は倒れた。ジャクソンは仰向《あおむ》けになり、片足を高々と上げた。

踵を相手の水月《すいげつ》に思い切り落とす。相手はぐったりとなった。

立ち上がったジャクソンが言った。

「こいつら空手をやってます。それも、ちょっとした腕だ」

2

白燕が用心深く道場の戸を開けた。

金剛杖を中段に構えて中をうかがう。白燕はじりじりと出入口に近づいて行った。

彼は道場に一歩踏み込んだ。

さえざえと冷たく光るものが視界の端《はし》をかすめた。

白燕の金剛杖が翻《ひるが》えった。

したたかな手応えがある。

闇の中から、ぐうという苦痛を堪《こら》える呻《うめ》き声が聞こえた。道場の中にもひとり隠れていたのだった。その男は白燕の杖の一打でドスを取り落としていた。

拾い上げる気配はない。

白燕は金剛杖を伝わって来た感触から、相手の手首を砕いたことを知った。

関節の骨を折った痛みに耐えられる者はまずいない。

白燕は、その男に向かって、金剛杖を貫《ぬ》いた。

杖は中段をえぐった。

男は道場に崩れ落ちた。

他に人の気配はなかった。白燕は外にいる三人に言った。

「だいじょうぶだ。中へ、早く」

まず久遠が道場へ上がった。続いて飛鳥、ジャクソンの順で入って来た。

「まず、こいつを放り出そう。ジャクソンくん手伝ってくれ」

白燕が、今しがた倒した男を指差して言った。

「ポールでいいですよ」

ジャクソンはそう言って手を貸した。ふたりは気を失っている男をかかえて、白燕の言葉どおり、外へ放り出した。

ジャクソンが戸を閉める。

飛鳥は壁際に置いてある武器に近づいた。彼女は杖を選んだ。

ジャクソンは杖よりも太くて長い六尺棒を手に取った。

「久遠、あんたも何か持ちなさい」

飛鳥が言った。久遠は首を横に振った。

「あたしは、武器はいりません」

「まったく……。好きにするといいわ」

白燕は、出入口の脇の壁にぴたりと身を寄せている。手には金剛杖を持っている。

得物の長さでいうと、ジャクソン、白燕、飛鳥の順になる。

久遠を出入口から、一番遠い位置に立たせて、その前に飛鳥とジャクソンが立ちはだかった。

「さあ、来るなら来い、よ」

飛鳥がつぶやいた。

あたりは静まり返っている。静か過ぎた。近くの虫の音が止んでいるのだ。

敵がすぐ近くまで来ているのだった。

何も起こらず、ただ時間だけが過ぎていった。

白燕はただじっと戸口を見つめているだけだった。

飛鳥もジャクソンも兵法はある程度心得ている。この凍《こお》りついたような時間に耐えられなくなったほうが敗《ま》けることを、彼らは知っていた。

実際にはどれくらいの時間がたったか誰にもわからなかった。ひどく長く感じられた。

不意に久遠がささやいた。

「来ます」

その次の瞬間、出入口の戸が蹴り破られた。四人の男がすさまじい勢いで飛び込んで来た。

四人とも手にドスを持っている。

なだれ込んで、そのまま勢いで押しきるつもりらしかった。

だが、それを許すような白燕ではなかった。

白燕は、先頭の男が飛び込んで来た瞬間に、その左右の足の間めがけて金剛杖を突き出した。

男は足を取られて、もんどり打って転がった。

その後ろに続いていた三人は、勢いあまって、その男につまずき、将棋《しょうぎ》倒しになった。

倒れた男たちに向かって、白燕が金剛杖を突きつける。

飛鳥とジャクソンもそれにならった。彼らは、杖と棒をそれぞれ男たちの眼や喉にぴたりと突きつけた。

だが、それは失敗だった。「これは稽古ではない」と言った飛鳥本人でさえ、それで終わったと思ってしまった。

相手は、急所に棒を突きつけられたくらいで敗北を認めるような連中ではなかった。

ひとりが、大声で罵《ののし》りながら、飛鳥の杖を払いのけた。

それを合図に、ひとりが白燕の金剛杖を、ひとりがポールの六尺棒を握った。

一瞬の油断が命取りになったのだ。

三人が武器を封じている隙《すき》に、残ったひとりが跳ね起きて、まっすぐに久遠の方へ突進して行った。

白燕、飛鳥、ジャクソンは同様に、しまったと思っていた。

久遠はまったく無防備に見えた。

白燕、飛鳥、ジャクソンが一瞬、驚きと後悔のため立ち尽くしているのを見るや、あとの三人も、久遠に向かって行った。

彼らの標的は久遠ひとりなのだ。

男たちは折り重なるように小さな久遠に突進した。四本のドスが久遠の体に突き立てられたように見えた。

飛鳥はあやうく悲鳴を上げそうになった。

久遠は逃げようとせず、逆に半歩ほど前に出た。

そのとたんに、一番目の男が宙に舞った。空中で弧を描いたその男の体は道場の床にしたたか叩きつけられた。

二番手、三番手の男は、続けざまに久遠の後方へ左右から飛んで行き、壁に激突した。

最後の男は、久遠の正面で、真下にすとんと落ちるように倒れた。

久遠は、両手を軽く掲《かか》げ、『レの字立ち』でひっそりと立っていた。

「『四方《しほう》取り』……」

飛鳥がつぶやいた。

『四方取り』は、複数の敵に囲まれたときに対処する技で、『不動流』の技の集大成とも言える。

当然、『返し』と同様に奥伝《おくでん》となっている。

遠く投げ出された一番手の男が、立ち上がろうともがいていた。

ジャクソンは二度と同じ誤りを犯さなかった。

彼は六尺棒の後方三分の一のところを左手で固定し、前方三分の一のところからうしろに向かって右手を滑らせた。

その勢いで、袈裟《けさ》掛《が》けに棒を薙《な》いだ。棒が空気を切る鋭い音がする。

『長持ち』という手だ。

六尺棒は、そのまま、起き上がろうとしていた男の首筋の急所に叩き込まれた。

男はたちまち昏倒《こんとう》した。

久遠のすぐ前にいる男はすでに気を失っていた。

久遠が後方に投げ飛ばしたふたりは、それほどのダメージを受けていない。

白燕と飛鳥がするするとそのふたりに近づいた。

ふたりは、ほぼ同時に、金剛杖と杖を、それぞれの相手の水月に貫《ぬ》いていた。

最後のふたりも気を失った。

久遠は黙ってその様子を見ている。

飛鳥が言った。

「驚いたわね……。こんな見事な『四方取り』は見たことがないわ。四人を倒すのに、ほとんど時間差がなかった……」

「まったくだ……」

白燕もうなずいた。

久遠は突進して来る男たちの、勢いの方向をじつにうまく変化させて、投げたのだ。

正面から来た男の顎を横から払うように押してやると、男は自分の勢いでひっくり返ったのだ。

二番手、三番手の男たちには、手でナイフをさばきながら、わずかに体重を移動し、足を払ってやっただけだった。

最後の男だけが問題だった。

さばいて投げるだけの時間的余裕がなかったので、久遠は平手による『刻み』を人中《じんちゅう》に見舞ったのだ。

鼻と上唇の間にある『人中』は、顔面最大の急所と言われている。

ドスをかわしながら『刻み』を出したので、見事にカウンターで決まる形になり、男はひとたまりもなく、その場に落ちたのだった。

「この男たち、どうしますか？」

ジャクソンが言った。

「警察の領分だろうな……」

白燕が言った。

「パトロールを強化しているですって……」

飛鳥が望月の言葉を思い出して言った。「いったい、どこをパトロールしてるのよ」

「とにかく、警察に電話をしてくれ」

白燕が飛鳥に言った。

飛鳥は注意深く道場の外に出て、母屋《おもや》に向かった。慎重に杖を構えている。

外的衝撃で昏倒した者は、そう長く眠ってはいない。

すでに息を吹き返している可能性が充分にあるのだ。

案の定、道場の外に放り出した男の姿は消えていた。道場の陰で待ち伏せしていたふたりもいない。

飛鳥は、そっと庭をうかがった。庭で倒れているはずの男たちもいなくなっていた。

飛鳥は土足のまま家へ上がり、電話のある居間までゆっくりと進んだ。誰も攻撃を仕掛けてはこなかった。

飛鳥は受話器を取り、一一〇番に電話を掛けた。警察と話す間も、片手で杖を構え、周囲に気を配っている。

結局、電話を終え、道場に戻るまで、飛鳥は誰にも出会わなかった。

「あとの五人は逃げちゃったみたいね」

飛鳥が言った。

「あいつらはヤクザだ。チンピラだがな……」

白燕が言う。「きっと上の者に、こっぴどくしかられることだろう」

「あるいは、態勢を整えてまたやって来るか……」

道場で倒れている四人だけは逃がすわけにはいかなかった。

やがて、パトカーのサイレンが聞こえてきた。


午前十時に望月刑事は堀内刑事を伴《とも》ない、約束どおり、長尾家にやって来た。

飛鳥、白燕、ジャクソンはそれぞれ、睡眠不足であることが一目でわかる顔をしていた。

彼らはあれから興奮して、一睡もできなかったのだ。

飛鳥は警察のいい加減さに腹を立てているうえに、睡眠不足で機嫌がすこぶる悪かった。

「久遠さんを迎えにまいりました」

望月が言うと、飛鳥は鋭く彼を睨《にら》んだ。

刑事が一般市民に睨まれてひるむことはまずない。

だが、このときばかりは特別だった。飛鳥がたいへんな美人だけに、かえってその充血し、うるんだ眼は凄《すご》みがあった。

「絶対に久遠は連れて行かせません。一切《いっさい》証言もさせません」

飛鳥は言った。「本来ならば、そう言いたいところよ」

「わかっています。久遠さんはさぞショックを受けられているでしょう。お気の毒に思います」

「護衛をつけるという約束はどうなったわけ?」

「申し訳ない。後手後手《ごてごて》に回ってしまって……。署の警邏《けいら》課では、久遠さんがまだ東京の大学病院に入院なさっているものと思っていたらしいのです」

飛鳥は溜《た》め息を吐《つ》いた。

「まあ、その点についてはわれわれにも言い分があります」

望月が言った。「移動するときは事前に知らせていただきたい。居場所をはっきりと教えておいていただきたい——われわれはそうお願いしたはずですね」

飛鳥は急に疲労の色を見せた。

望月は彼女が口を開くまで待つことにした。

「わかったわ」

彼女は言った。「こちらにも非があったのは認めるわ。……で、ゆうべ夜襲をかけてきたのは何者なの?」

望月は、若い堀内刑事がじっと自分を見つめているのに気づいた。

堀内は望月がどこまで話すのかを気にしているのだ。望月は堀内の顔を見てうなずいた。

心配するな、という意味だった。

　望月は飛鳥に視線を戻した。

「まだわかっていません。どこの何者か、襲った動機は何か──彼らは一切言おうとしないのです」

「でも、見当はついているのでしょう？　自首して来たヤクザと同じ組の連中じゃないの？」

「物事《ものごと》はそう簡単にいきませんよ……」

「警察も捨てたもんじゃないと言ったのは、誰だったかしら？」

「久遠さんの様子はどうなんです？」

「恐怖のあまりノイローゼになって、寝込んでいるわ」

「そうかもしれませんな」

「信じてない口振りね」

「ええ。信じてません。なぜか、彼女は平然としているような気がします」

「十七歳の少女なのよ」

「だが久遠さんは特別だ。そんな気がするのです。署まで来ていただけますね」

「しょうがないわね」

　飛鳥が言った。「あたしもいっしょに行きますからね」

「そうしていただけると、たいへんありがたい」

飛鳥は部屋まで久遠を呼びに行った。

望月と飛鳥のやりとりを、白燕とジャクソンは居間で聞いていた。

ジャクソンが言った。

「アスカはあの刑事と言い争うのを楽しんでいるような気がするんですがね」

「かもしれん」

白燕がそっけなく言った。「妙な女だからな……」


望月と堀内が乗って来た覆面パトカーは、道場の近くの路上に駐車していた。

このあたりは郊外で人気《ひとけ》があまりない。覆面パトカーにひとりの男が近づいて行ったが、それを見ている者はひとりもいなかった。

また、もし見ていたとしても、その男のことなど誰も気にしなかったはずだ。

男はまったく目立たない恰好をしていた。ポロシャツの上に地味な格子縞《こうしじま》のスポーツジャケットを着て、綿のパンツを穿《は》いている。

彼は片手にバッグを下げていた。

それを傍《かたわ》らの地面へ降ろすと、じつに自然な仕草《しぐさ》で、エンジンルームのカバーを開けた。

まるで、遠出の前にオイルチェックをするという感じだった。

男はバッグにかがみ込んで小さな包みを取り出した。紙でくるまれ、さらにガムテープできつく巻かれている。

その奇妙な包みからリード線が二本出ていた。一本が赤でもう一本が緑色だった。彼はその包みをエンジンルームに押し込みリード線を、キーとセルモーターをつなぐ電気回路に接続した。

彼はエンジンルームのカバーを下ろすと、さりげなく周囲を見回して歩き去った。

久遠は水色のワンピースの上に、紺のブレザーを羽織《はお》っていた。たいへん清楚《せいそ》で愛らしく、望月と堀内は思わず見とれてしまいそうになった。

飛鳥も化粧を直し、さっぱりとしたベージュのスーツ姿で現われ、望月をまたしても驚かせた。

疲れきった顔で望月に不平不満をぶつけていた彼女と同一人物とは思えなかった。

「女っていうのは、狐や狸《たぬき》の親戚だっての、知ってたか？」

望月は堀内にそっと言った。

「いえ……。でも、今、それを実感しました」

「行きましょうか？」

飛鳥がふたりの刑事に言った。

望月はうなずいて車に向かった。

堀内が運転席に坐り、シートベルトを掛けた。

望月が助手席。後部シートの左側が飛鳥で右側が久遠だった。

堀内がポケットからキーホルダーを出し、自動車のキーをつまんだ。

それをハンドルの脇のエンジンスイッチに差し込もうとした。

そのとき、久遠の体がびくんと震《ふる》えた。

彼女は言った。

「キーを差し込むのを待ってください」

堀内が苦笑して尋ねた。

「どうしたんです、いったい?」

望月は振り向いて久遠の顔を見た。その顔が蒼白《そうはく》なのに気づいて、彼は怪訝《けげん》そうに言った。

「気分でも悪いのですか? それともやはり警察へ行くのがおそろしくなったのでしょうか?」

久遠は首を横に振って言った。

「キーを差し込んで、エンジンをかけた瞬間、この車は爆発します」

堀内は笑い飛ばそうとしたが、望月は真顔《まがお》のままだった。

「信じたほうがいいわよ」

飛鳥が言う。「ゆうべ、あたしたちが殺されずに済んだのは、この娘《こ》のおかげなんですからね……」

「どういうことです?」

望月が尋ねた。

「信じるかどうかはそちらの勝手ですけどね」

飛鳥が言った。「彼女は家の中にいながら、男たちが襲って来ることを察知してあたしたちに知らせてくれたのよ。敵の人数までぴたりと当てたわ」

「ほう……」

堀内がシートベルトを外《はず》した。

「エンジンルームを見てきます」

飛鳥が言った。

「待って」

ドアを開けようとした堀内が動きを止め、肩越しに飛鳥を見た。

「この際、あたしたち死んじゃったほうが都合よくはないかしら?」

「何ですって……」

堀内は飛鳥の顔を見てから、望月の顔に眼を移した。

望月は考え込んで言った。

「それも手ですね……」

「ちょっと……。心中ならふたりでやってください」

「うるさい坊やね」

「問題は――」

望月は、飛鳥と堀内を交互に見ながら言った。

「俺たちが降りたあと、どうやって車を爆発させるか、だ」

堀内はようやく納得した。

「そういうことでしたか……。要するに、セルモーターを回せばいいのですよね……」

彼はダッシュボードの下をのぞき込み、二本のリード線を引きちぎった。「あとは、できるだけ長いコードか何かをこいつにつないでやれば、遠くからでもセルモーターは回せますよ」

「おまえ、車の窃盗《せっとう》やっていたことないか?」

「長いコードなんて、ここにはないじゃない……」

飛鳥が言うと、堀内が答えた。

「どうせ爆発するんだから、余計な電気回路のコードを全部はずして使いましょう。ラジオ、ライター、ワイパー、スピーカー、ルームライト、無線、回転灯……、全部です」

彼は言ったとおりに実行した。すると七メートルほどのコードが二本ほど出来上がった。

それを注意深くエンジンスイッチのリード線につないだ。

「敵はあたしたちの動きを見張っているかもしれないわ」

飛鳥が言った。

望月と堀内は、車内からあたりを観察した。刑事の眼が役に立つときだ。

あたりは広い田畑で、少し離れたところに農家があるが、爆弾を仕掛けるような手合いが、他人の敷地に潜《ひそ》んでいるとも思えない。

「見られてはいないようだ」

望月は結論を下した。堀内もうなずいて同意した。「様子をうかがっているにしても、爆発音を確認しようとしているだけだろう」

「そう……」

堀内はうなずいた。「車が爆発したら、まず中の人間は助からないと考えるのが普通ですからね」

四人はそれぞれ左側のドアを開けて、そっと道端に降りた。そのまま念のため車に隠れるように姿勢を低くして、道場の陰まで行った。

堀内だけが継ぎ足したリード線を持って、道場の前で腹這《はらば》いになっている。

彼は二本のリード線の先を、そっと触れ合わせた。小さな火花が散り、離れたところにある車のセルモーターが回りかけた。

その瞬間に、大爆発が起きた。

3

東堂組事務所ビルの三階にある組長の部屋で、東堂猛はひとりの組員の報告を受けていた。

彼は革張りの椅子にゆったりともたれて組員を眺めていた。

「それで……？　爆弾の件はうまくいったのだな……？」

「爆発を確認しました」

「長尾久遠は死んだのだな」

「ほぼ間違いありません。車に乗ってキーをひねらない限り、爆発はしないのですから……」

「死んだのは刑事だけということもありうる」

「ないとは言えません。ですが、朝十時に刑事があの娘を迎えに行くというのは、桐生署の刑事から得た確実な情報なわけでしょう？」

東堂は無表情なままうなずいた。

「……ならば間違いなくいっしょに車に乗ったはずです。車に同乗したということは、つまり、粉々《こなごな》に吹っ飛んじまったってことですよ……」

「わかった……」

東堂猛はうなずいた。「桐生署につかまっている、四人の若い者《もん》はどうなっている？」

「うちとは縁を切らせています。群馬の飯干《いいぼし》一家に九人をあずけたんですがね……。そのときに、うちの名は一切出すなと念を押してあります」

「それだけ胆《きも》のすわった連中ならいいがな……」

「兵隊は選んだつもりですが……」

「だが返り討ちにあった……」

東堂猛の眼が底光りした。

組員はとたんに落ち着きをなくした。

「戻って来た連中がしきりに不思議がっています。あの家の連中は、まるで夜襲をかけられるのを、あらかじめ知っていたみたいだったというんです」

「……どういう意味だ？」

「いえ……。ただ、言ったとおりの意味でして……」

東堂はむっつりと考え込んだ。組員は組長が何を考えているかまったくわからず、不安になった。

ノックの音が響いた。

「入れ」

組長が言うと、ドアが勢いよく開き、代貸の森脇勇次が入って来た。彼は明らかに怒っているようだった。

「何の用だ？」

「ニュースを見ていたら、とんでもない事件が報道されました」

「ほう……？」

「長尾久遠が死にました」

東堂は表情を変えない。彼は無言で森脇の斜め後方に立っている組員の顔を見た。

組員はうなずいてみせた。

東堂は森脇に視線を戻した。森脇は言った。

「警察の車に乗り込んだところ、その車が爆発したのだということです。いっしょに乗っていた刑事ふたりと、嘉納飛鳥という『不動流』の内弟子が死んだそうです」

「いいニュースじゃないか……」

「私にはそうは思えませんね。警察では爆弾が仕掛けられたものと見て捜査を開始したそうです。警察はこの事件を、長尾高久殺害の事件と関連づけて考えるでしょう」

「かもしれんな……」

「聞けば、昨夜うちの者が長尾の家に夜襲をかけ、そのうち四人が桐生署に逮捕されたというじゃないですか」

「知らんな……。ゆうべ夜襲をかけたのは、群馬の飯干一家の連中だと聞いているが……」

「夜襲の計画のために、飯干一家にあずけたのでしょう。組長。そんな小細工が警察に通用すると思いますか?」

「何を言ってるのか、俺にゃわからんな」

「警察の車に爆弾を仕掛けたのも、うちの人間でしょう。おそらくはこいつだ」

森脇は組長を睨《にら》みつけたまま、斜め後方に立っている組員を指差した。「違うとは言わせません」

「森脇よ……」

東堂は背もたれから体を起こし、机の上で指を組んだ。上眼づかいに森脇を睨み据える。

「おまえ、東堂組の人間か？　それとも警察の人間か？　どっちなんだ？」

「もちろん東堂組の人間です。だから言ってるんです。無謀な行動は東堂組のためにならない」

「多少の無茶をやらんで、東堂組がここまで大きくなれたと思うか？　この俺は体を張ってきたから、三咲《みさき》一家の代貸をつとめさせてもらうまでになったんだ。無謀？　無謀と言ったな、森脇。人がびびるようなことをやるのが極道だろうが。俺たちゃサラリーマンじゃないんだ」

「そういう段階じゃないんだ、組長。時代も変わったし、東堂組の位置づけも変わった。そう。組長の言うとおり、今や三咲一家の中でも重要なポストに就いている。だからこそ、慎重に行動しなければならないんですよ。若い者を飯干一家にあずけたと言いましたね。飯干一家は三咲一家と同じ梶井組の系列です。うちとのつながりを、必ず警察は突いてきますよ」

「その件をおまえは小細工と言ったな。小細工は警察に通用しない、と」

「言いました」

「それを通用するようにするのが、おまえの役目なんじゃないのか？」

「こう無茶をやられちゃ手の打ちようもありません。責任を負いかねますね……」

「ほう……。責任を持てないと……？」

「私が立てた計画に従っていただかない限り、そう言うしかありませんね」

「そうか、残念だな……」

東堂はふと淋しそうな表情を見せた。「おまえは極道にはなりきれんかったようだな……」

森脇は東堂の表情を見てはっとした。長い間付き合ってきたので、その表情が意味することを知っているのだ。

森脇の顔から血の気が引いた。凍りついたように動かなくなった。

東堂は人を殺すときに、決まって今のような表情を見せるのだ。

東堂の右手が机の引出しを引いた。文房具でも取り出すようにリボルバーを握ると、そのまま何のためらいもなく森脇の胸に三発撃ち込んだ。

脇で見ていた組員は、東堂の動作があまりに日常的なので、人を殺したという事実が信じられなかった。

森脇が倒れたとき、初めてその組員は驚きに目を丸くした。

東堂は何事もなかったように、引出しに拳銃をしまうと、言った。

「魚の餌《えさ》にでもしてしまえ」

東堂は立ち上がった。

殺された人間は必ず糞尿を垂れ流す。その異臭がただよい始めたのだ。東堂は部屋を出て行った。

森脇の死体の処分を命じられた組員は、いまだに代貸が殺されたことを信じかねて立ち尽くしていた。

やがて、ようやく我に返った組員は、あわてて二階に人を集めに行った。


「葬式をやるのか？」

白燕が飛鳥と久遠のふたりを見て言った。ジャクソンも眉をひそめている。

四人は母屋の居間で話し合っていた。

「そうよ。そこまでやらなきゃ敵は納得しないでしょう？」

「それはそうだが……」

白燕はジャクソンを見た。ふたりは困惑を隠せなかった。

ニュースを見て駆けつけた門弟が道場に集まって説明を待っているのだ。

門弟の中には、敵が誰なのかわかっているのならすぐにでも仇《かたき》を取りに行く、と息巻いている者も少なくなかった。

「せめて一門の者だけには真相を伝えるわけにはいかんか？」

白燕が飛鳥に言った。

「だめよ。こういうことは徹底しないと、すぐにばれちゃうのよ」

「門弟たちにはどう説明する？」

「それくらい考えてよ。あたしたちは死人なのよ。死人に口無しというでしょう」

「無責任なことを言わんでくれ。門弟は私のことをよく知らない。だから、ポールが説明することになるだろう。ポールにすべて押しつけるつもりか?」

「そうは言ってないわ。あなた、ポールの参謀をやってよ。お釈迦さまも言ってるでしょう。嘘《うそ》も方便、て」

「しかたがない」

白燕はうなるように言った。「とにかく今日のところは、まだはっきりしたことがわかっていないと説明しよう」

「くれぐれも軽率なことをしでかさないように、門弟たちに言い聞かせてちょうだい」

白燕はポール・ジャクソンを見た。

ジャクソンは肩をすぼめて言った。

「何とかやってみます……」

「ところで――」

白燕は飛鳥に尋ねた。「相手に死んだと思わせるのはいいが、この先はどうする?」

「とりあえず、明日あらためて久遠が、自首して来た男の首実検をやることになっているわ」

「それから?」

「そうね……」

飛鳥が考えていると、久遠が口を開いた。三人は、いっせいに久遠に注目した。

「梅崎俊法のところへ出向きます」

飛鳥、白燕、ジャクソンの三人は顔を見合った。

飛鳥が言った。

「俊法のところへ……？」

久遠はうなずいた。

「彼に会わなければ問題は何も解決しません」

「梅崎俊法はお父さんの仇よ、久遠。あたしは俊法を殺して仇を取りたいわ」

久遠はかぶりを振った。

「悔い改めさせればそれでいいのです。殺してはなりません。殺意や憎しみの心は、自分の魂を汚《けが》し、命を縮め、霊格を下げるのです」

飛鳥は茶化そうとした。笑い飛ばして、慕《した》い、愛していた師を殺された怒りを剝《む》き出しにしようとした。

しかし、できなかった。

久遠の表情がまぶしかった。久遠の人格は、降りて来た御霊《みたま》とうまく折り合いをつけ始めたようだ。

彼女の言動にはそれほどの不自然さがなくなってきつつあった。不自然さがなくなっていくにつれて、彼女は一種の神々《こうごう》しさを感じさせ始めた。

聖なる存在だけが持つ威厳がそなわってきていた。

久遠の言葉はその雰囲気のために力を持ち始めたのだ。飛鳥はその聖なる力《パワー》に、気圧《けお》さ
れてしまったのだった。

彼女はつぶやくように、言った。

「あなたのお父さんを殺した相手なのよ……」

それが精いっぱいだった。

久遠は悲しげなほほえみを浮かべて飛鳥を見た。

飛鳥はその表情を見て、怒りが鎮《しず》まっていくのを感じた。彼女は恥ずかしさを覚えた。

飛鳥は気づいた。それが慈悲の微笑《ほほえみ》であることに——。

久遠は白燕とジャクソンに言った。

「さ、道場のお弟子さんたちのところへ行ってください」

「はい……」

白燕とジャクソンはすぐに立ち上がった。

廊下へ出るとジャクソンは白燕にそっと尋ねた。

「いったい何が降りて来てるのでしょうね？」

白燕は首を振った。

「わからん。だが、ものすごく格の高い霊だぞ。まぶしくて正視できないくらいだった」

ジャクソンは曖昧《あいまい》にうなずいた。

白燕とジャクソンが出て行くと、飛鳥の目にみるみる涙が浮かんだ。

やがてその涙はぽろぽろと頰にこぼれ落ちた。飛鳥は涙をぬぐおうともせずに、久遠を見た。

彼女はたった一言、言った。

「愛してたのよ」

久遠はうなずいた。

久遠の目にも涙が浮かんだ。やがて一筋、頰を伝って流れ落ちた。

桐生署捜査一課長が望月と堀内に言った。

「殉職《じゅんしょく》の手続きというのはつらいものだ。とくに肉親の方《かた》への挨拶《あいさつ》というやつが、どうもな……。今回はとくに、だ。嘘をついているといううしろめたさがあるからな」

「申し訳ありません」

望月が言った。

「親御《おやご》さんだけにでも本当のことを伝えられんもんかと、署長にも言われた」

「事件の背景が思ったよりずっとスケールが大きく深いものですから」

望月は答えた。「慎重の上にも慎重を期さないと……」

課長は恨《うら》みがましい眼で、望月を見つめて言った。

「一日も早く事件に梟《けり》をつけて、ご両親を喜ばせてやらにゃな……。私は心が痛んでしかたがない」

「それで、奈良県警は何と……?」

望月は話題を変えたくて、そう尋ねた。

「ああ……。県警の公安課では梅崎俊法などマークしとらんと言ってたぞ。クーデターまがいの計画があるなどという話はガセじゃないのかね……」

「では、殺人、夜襲、車の爆破——ここまでやる犯人をどう説明するんです?」

「同一犯人による犯行だと決まったわけじゃないんだ。確証は何もないんだ。いいか? 私たちの仕事は、証拠をそろえて、犯人とともに検察へ引き渡すことだ」

「そのための推理は必要です。長尾高久氏の殺害、夜襲、それから爆弾を仕掛けたことは関連していないと考えるほうが不自然でしょう」

「わかった……。今、夜襲をかけた連中を取り調べている。三つの出来事が関連しているなら、必ず何かわかるはずだ」

「でも……」

堀内が遠慮がちに言った。「どうして、けさ、マル被の娘さんが僕たちのパトカーに乗ることを知ったんだろう」

望月はそれを聞いて、課長と顔を見合わせた。

「長尾家から情報が漏れたんでしょうかね?」

堀内が望月に言った。望月はうなずいた。

「でなきゃあ、うちの署から漏れたんだ……」

「ばかを言うんじゃない」

課長が言う。「うちの署員が情報を流しているというのか？　そいつは重罪だぞ。そんなばかなまねをする人間がいると思うか？　自分の人生を棒に振ることになるんだ」

「人が人生を棒に振るのは珍しいことではありませんよ。調べてもらえますか？　でなきゃ、県警の警務課に話さなくちゃなりませんが……」

「そんな不名誉を公《おおや》けにするわけにはいかん。わかった。極秘で調べてみよう。この件は署長と相談する。誰にも言うな」

「心得てますよ……。ところで、警視庁では協力の要請に応《こた》えてくれましたか？」

「東堂組の件だったな……。板橋署のマル暴担当がしばらく監視してくれることになった。今後は板橋署と直接連絡を取ってくれ」

「わかりました」

「自首して来た男の確認はいつやるんだ？」

「明日の午前中に……」

「しかし な……」

課長は考え込んだ。「たったひとりの未成年者の――しかも、被害者の肉親の証言だけで、自首をくつがえすのは難しいんじゃないのか？」

「彼女は切り札ですよ。目撃者だからこそ、二回も命を狙われているんです。目撃者の証言の威力は抜群です」

「よし。彼女が、自首して来たのは真犯人でないと確認したら、その裏を取ることに全力を傾けよう。アリバイが見つかるかもしれん」

「私は奈良県警まで出張してきたいのですが……」

望月は言った。「死んだ男が署内でうろうろしていたら、まずいでしょう?」

課長は苦《にが》い顔でうなずいた。

「奈良県警の人間はふたりの幽霊と出会うことになる。堀内とふたりで行ってこい」

「明日、首実検が済んだら、すぐに出発します」

六章　闘士集結

1

桐生署の捜査員は慎重に、パトカーを長尾家の敷地内まで乗り入れ、玄関のすぐ近くに駐《と》めた。

久遠の姿を他人に見られないようにするためだった。

前の日から門弟や『不動流』の関係者が次々と詰めかけてきて、白燕とジャクソンはその応対に追われた。

久遠と飛鳥はそういった人たちに見つからぬために、男装をして、さっとパトカーに乗り込まなければならなかった。

ふたりが乗ると、パトカーはすぐに発車した。

久遠と飛鳥は無事に桐生署までやって来た。

警察署には常にマスコミの眼が光っている。久遠と飛鳥を連れた捜査員は、署に着いてからも気を抜けなかった。

今や、久遠と飛鳥、そして望月と堀内が生きていることを知っているのは、署内では、捜査本部の人間に限られていた。

久遠と飛鳥は、ちょうどサングラスのような感じのガラス窓のある部屋に案内された。

ガラス窓の向こうには、机と椅子が見えている。

その部屋は暗かった。その暗がりの中に望月と堀内が立っていた。

「亡霊たちが顔をそろえるには、おあつらえむきの雰囲気ね」

飛鳥が望月に言った。

「そう。わが桐生署の署員はロマンチストなんだ。雰囲気を大切にする」

もちろん、その部屋が暗いのはちゃんとした理由があった。

ふたつの壁を仕切っている窓は実はマジックミラーになっているのだ。

むこうの部屋にひとりの男が現われた。椅子に坐って、部屋のなかを見回している。

望月はジーパンを穿《は》いた久遠を手招きした。

「だいじょうぶ」

彼は言った。

「向こうからこちらは絶対に見えない」

久遠は望月とともに窓に近づいた。

「あの男をよく見て」

望月が言った。久遠は言われたとおりにじっとマジックミラーの向こうの男を見つめている。

「あの男は、お父さんを殺した男かい？」

久遠はそれからしばらくの間、男を見つめていたが、やがて望月の方を向いた。

その眼に感情のたかぶりも、また失望もまったく見られなかった。

望月はひどく不思議な印象を受けた。

久遠は、はっきりと首を横にして言った。

「違います。あの男ではありません」

「確かだね？」

「間違いありません」

「それを正式に証言できるね？」

飛鳥が横から言った。

「証言すべき日まで生きていられたらね」

望月は一度飛鳥を見て、再び久遠に尋ねた。

「必要なときには証言できるね」

「はい」

久遠は言った。「裁判でも証言できます」

その部屋には望月、堀内を含めて四人の捜査員がいたが、彼らは一様に吐息を漏らしていた。

「ありがとうございました」

望月は言った。

「ご協力、感謝いたします」

久遠は上品にうなずいた。

望月は飛鳥のほうを向いた。

「これからどうなさるのですか?」

「桐生にはいられないわね。残念ながら、自分の葬式には出られそうにないわ。東京にでも行って、しばらく身を隠しているしかないでしょう」

望月はうなずいた。

「署のほうでホテルを予約します。そこまで車でお送りすることにしましょう」

飛鳥は望月の言葉に従うことにした。彼女は心の中でつぶやいた。

(梅崎俊法に会うために、奈良へ行くなんて言えやしないわよね)

「わかりました」

飛鳥は言った。「おっしゃるとおりにしますわ。ところで、あなたはどうなさるの?」

「刑事ってのはね、捜査の経過や予定を一般の人に話したりはしないんですよ」

「いっしょに木っ端《こっぱ》微塵《みじん》に吹き飛んだとき、特別な友情関係ができたと思ったのですけど……?」

望月は考え、他の三人の刑事を見た。

刑事たちは無関心を装《よそお》って望月を見返している。

彼は言った。

「いいでしょう。特別にお教えしてもバチは当たらないはずだ。あなた方にはそれだけのことをしていただいている。私とこの堀内君は、奈良県警へ出張します。奈良県警の公安と協力して、梅崎俊法の計画を探り出すつもりです」

飛鳥はまずいことになった、と思ったが、ポーカーフェイスを決め込んだ。

「期待してるわ」

彼女は言った。

飛鳥と久遠は新宿のヒルトンホテルまで送られた。ツインの部屋が用意されており、ふたりはそこへ入った。

桐生署の捜査員は、美しいふたりとのドライブが終わることを心底《しんそこ》残念に思っているようだった。名残《なごり》惜しそうに彼らは去って行った。

部屋へ入ると飛鳥はすぐに長尾家へ電話した。

ジャクソンが出た。飛鳥は白燕に代わってくれるように言った。

「白燕だ」

「今、あたしたち、新宿ヒルトンにいるわ。そっちの様子はどう?」

「あいかわらず騒がしい。今夜、通夜をやり、明日葬儀をする。密葬にすることにした。経は私が誦《よ》む」

「ちゃんと成仏《じょうぶつ》させてね。ところで、あたしたちの遺体はどうなったの?」

「警察がうまくやってくれた。たいていの人は、バラバラに飛び散って、しかも黒こげになっていると思い込んでいる。そういう死体は誰が誰だかわからないのだと信じているのだ。つまり、肉片や骨のかけらの話をしているのだがね」

「あまり気色《きしょく》のいい話じゃないわね」

「だが警察では、血液型や骨の成長の度合い、付着していた衣類の一部などから、ある程度、誰の一部か割り出すらしい」

「その黒こげの肉片やら骨やらを持って来たというの? 警察はいったい何を持って来たのかしらね?」

「肉屋で買った骨付き肉じゃないか?」

「あんた、やな坊主ね。こっちへはいつ来られるの?」

「密葬が終わり次第……」

「わかったわ。あたしの部屋に久遠とあたしの荷作りしたバッグが置いてあるから持って来てちょうだい」

「承知した」

「詳しくはこちらで……」

飛鳥は電話を切った。

久遠はひっそりとベッドの端に腰掛けている。

「久遠、あなたが言い出したことだから、今さら何も言わないわ。ただね、覚悟しておいてほしいの。相手は手段も選ばずあたしたちを殺そうとする連中よ。善人面《づら》して説教したって聞くたまじゃないわ。戦うべきときには戦わなければならないのよ。でなけりゃ、あたしたち、梅崎俊法に会う前に、全員殺されているかもしれないわ」

飛鳥は、自分が言った言葉におびえ始めていた。飛鳥をよく知っている者が、おびえている飛鳥などを見たら目を丸くしたに違いない。

今、彼女らの身のまわりに起きていることは、それだけ危険だということだった。

久遠はうなずいた。

「あなたの言うとおりです。これ以上、誰も殺したくありません。敵も味方も……」

飛鳥はかぶりを振った。

「久遠……。今、あんたに、何が降りて来ているのかはわからない。偉い御神《みおや》なのかもしれないわね。でも敵も殺さず、すべてを終わらせる方法なんてあるのかしら？　もしあるのだったら説明してほしいわ」

「もちろんです、飛鳥」

久遠は言った。

「それを証明するために、私は梅崎俊法に会いに行くのです」

捜査本部では、自首して来た男に対する取り調べが続けられたが、尋問の主旨はまったく変わっていた。

すぐに片がつき、検察に送られるものと思っていたもと東堂組の若者は、来る日も来る日も続けられる尋問にうんざりし始めていた。

係長と年配の部長刑事が取り調べを行なっていた。

「じゃあ、あの夜のことを、最初から話してもらおうか?」

もと東堂組の男はけっして逆《さか》らわなかった。

もう何回となく繰り返したことだった。彼はすらすらとしゃべり始めた。

しかし、そこに落とし穴があった。

彼は実際に現場にいたわけではない。組の上の人間から嚙《か》んで含めるように状況を教えられはしたが、すべてを完全に伝えられたわけではなかった。

彼は、何度も同じ状況を話しているうちに、勝手に自分で頭の中に光景を作り上げてしまったのだ。

ベテラン刑事が質問をした。

「おまえ、何発撃った?」

「三発です」

「そのうち、長尾高久に命中したのは何発だ?」

「二発です」

「もう一発は何のために撃ったんだ？」

「目撃者がいたので、そちらに向けて撃ちました」

「目撃者はどこにいた？」

「窓からのぞいていました」

「目撃者は男か？　女か？」

「女でした」

「顔を見たのか？」

「はい。だから、もう逃げきれないと思い、自首して来たのです」

ベテランの部長刑事は、係長と目配《めくば》せをし合った。

「おまえの言うことは、充分に信じられるようだ」

容疑者を安心させた。容疑者は神妙に俯《うつむ》いて見せた。

部長刑事はさらに、自首して来た男に言った。

「自首して来たのだし、態度も協力的だった。それに、最初は相手を殺すつもりはなかったとおまえは言う。仲間がやられて逆上して撃ったと言ったな……。まあ、刑も軽くなるに違いない」

「はあ……」

「ところで、目撃者の女ってのは美人だったか？」

「さあ……。暗かったので……」

「そうか。暗かったか……。明かりはなかったのか？」

「ええ……。ほとんど暗闇でして……。たしか月明かりだけが頼りだったと思います」

刑事は、口調を世間話をするときのように変えていた。

つい、容疑者は、自分が作り上げた心の中の風景をしゃべってしまった。彼は、その光景を実際のものと錯覚し始めていたのだ。

「そんなに暗くて、目撃者がよく男か女かわかったな……」

「だから、月明かりが……。あのときは、道場の中より外のほうが明るかったのです」

部長刑事は急に立ち上がった。

記録を取っていた制服警官に向かって彼は言った。

「今のをちゃんと記録したな？」

「はい……」

「今のうちに拇印《ぼいん》をもらっちまえ」

容疑者は拇印を押した。

「いったい、何だっていうんです？」

部長刑事は答えた。

「あの日は月なんて出ていなかった。曇り空だったし、おまけに新月だったんだ。そこまでは教え込まれなかったらしいな」

「何のこってす？　いや、俺の勘《かん》違いかもしれません……」

「それに、だ。道場の中はたしかに薄暗かったが、ちゃんと明かりがついていた。暗闇などではなかったんだ」

「……そんなことは問題にならないはずだ……」

「いいや、おおいに問題になるね。道場の中が暗闇だったら、あんたも、目撃者も、互いに顔など見えなかったはずだ。あのあたりは郊外だ。夜になるとかなり暗い。だが、おまえは目撃者が女だったと言った。目撃者が見えたと言ってるんだ。これはおおいに矛盾《むじゅん》する」

「待ってください。どこかに間違いが……」

「間違いを犯さないために、私らは何度も何度も繰り返し同じことを尋ねたんだ」

自首して来た男は口をつぐんだ。

ベテランの部長刑事は言った。

「こいつはね、殺人《コロシ》なんだよ。おまえらの組同士の喧嘩《ゴロマキ》の後始末とは訳が違うんだ。強行犯の捜査担当をなめてもらっちゃこまる。生憎《あいにく》だったな、おい」

自首して来た男は、急に落ち着きをなくしてきた。顔色を失っている。

係長が口を開いた。

「殺人事件のうえに、目撃者まで殺されかかって、こっちは気が立ってるんだ。悪いときに狂言うったもんだな。おまえを東堂組の目の前に放り出してやろうか？」

自首して来た男は、自分の身が心配になってきて、大切な事を聞いていながら気にとめなかった。

「目撃者まで殺されかかって……」

そのひとことは彼の頭のなかには残らなかった。

事情が一変して、もと東堂組の男はなす術《すべ》なく、蒼《あお》い顔をして坐っているだけだった。

ベテラン部長刑事と係長は、勝負に勝ったことを確信した。


東堂猛は、組事務所の自室でテレビを眺めていた。昼のワイドショーだった。

長尾の家でひっそりと行なわれている久遠と飛鳥の密葬のことが伝えられていた。

もちろんテレビカメラは斎場となっている道場の中には入《はい》れない。

レポーターが弔問《ちょうもん》の人をつかまえようとするが、密葬なので訪れる者もきわめて少なく、苦労していた。

東堂はリモコンで、テレビのスイッチを切った。

警察へ送り込んで犯人に仕立てた男はそのままになっている。これまでの経験からいくと、三日以上警察が何も言ってこないならまずだいじょうぶだった。東堂はすべてうまくいっているものと思い、安心していた。

電話が鳴った。内線電話だった。

一階下の事務室から掛かってきたのだ。

東堂は受話器を取った。

「何だ?」

「綾部《あやべ》です」

相手は、望月たちが乗っていた覆面パトカーに爆弾を仕掛けた男だった。綾部伸郎《のぶろう》という名で、森脇亡きあと、代貸をつとめるようになっていた。

「何だ?」

「刑事たちが、事務所のまわりを張っているんですよ」

「どこの刑事だ? 見覚えはあるか?」

「はい。板橋署のマル暴担当の刑事たちですよ」

「ふん……。どうってことはない。やつらには、何ひとつ証拠がないんだ」

「でも、ひょっとしたら、自首させたやつや、夜襲したやつが、何か余計なことをしゃべったのかも……」

「おたおたするな。やつらが何をしゃべろうと、白《しら》ばっくれていればいいんだ。自白や自供なんぞ、いくらでもひっくり返せるんだ。警察は物的証拠は何も持っていないはずだ。唯一の目撃者の葬式が今、行なわれている」

「はあ……」

「板橋署のマル暴担当ならまんざら知らん仲でもない。何か言って来たら茶でも淹《い》れてやれ」

「わかりました……」

桐生署の刑事課長は、係長とベテラン部長刑事のふたりだけを前にして言った。

「情報が漏れているおそれがある」

ふたりは驚かなかった。充分にありそうなことだと考えていたのだ。

課長は続けた。

「捜査本部に出入りしている刑事と、制服警官の行動を厳重にチェックしてくれ。この問題は、できれば桐生署だけで処理したいというのが署長のお考えだ」

部長刑事は深く溜《た》め息を吐《つ》き、係長がうなずいた。

部長刑事は言った。

「どうも、私の勘ですがね……」

「何だね？」

課長が尋ねる。

「捜査本部に出入りしている刑事や制服警官だけをチェックしても、だめなような気がしますがね……」

「情報は別のところから漏れている、と？」

「おそらく、殺人事件とは直接関係ない部署から……」

「心当たりがあるのかね？」

「あくまで勘です」

「どこだ……?」

「マル暴担当ですよ」

「四係か……」

「捜査の初期段階で、ヤクザ絡《がら》みらしいということで、四係に応援を頼んだでしょう? それ以来、何かと情報があっちへ流れやすくなっている。違いますか?」

課長は考え込んでから、係長に言った。

「どう思う?」

「大いに可能性がありますね」

「よし」

課長はうなずいた。彼はベテランの部長刑事に言った。

「君が専任で四係を見張ってくれ。裏切り者をいぶり出すんだ」

部長刑事の名を大下虎吉《おおしたとらきち》といった。五十二歳だった。

大下部長刑事は言った。

「わかりました。……それについて、ちょっと相談があるんですが……」

「何だ?」

「目撃者がじつは生きており、ちゃんと証言できるまでに精神の安定を取り戻しているという情報を四係に流すんです」

係長が言った。

「目撃者の身が再び危険にさらされる……」

「そんなことのないように、手筈《てはず》を整えるんですよ。いいですか？　その情報を流せば、署内のスパイだけじゃなく、そいつとつながっている東堂組も動くでしょう。一気に鳧《けり》をつけるチャンスです」

課長は長い間考えていたが、やがて言った。

「一種の囮《おとり》捜査ということにもなりかねんが……。まあ、ひとつの手ではあるな……。いいだろう。やってみたまえ。しかし、くれぐれも目撃者の身に危険が及ばぬようにな。大切な証人だからな。そして、その件については望月くんと密に連絡を取ってくれ」

「心得てます」

大下部長刑事は厳しい眼でうなずいた。

2

五十二歳のベテラン部長刑事大下は、署の外へ出て、公衆電話を使い、大急ぎで関係各署に連絡して段取りをつけ始めた。

署内ではどこの誰が聞き耳を立てているかわからない。

また署内の電話は、連絡課の人間に聞かれるおそれがあった。

まず大下は奈良県警に電話をして、望月を呼び出すことにした。望月は奈良県警の公安三課にいるはずだった。公安三課は主に右翼を担当している。

何度か電話を回されて、ようやく望月がつかまった。

大下部長刑事は事情を説明した。

望月は言った。

「ちょっと待ってください。それは危険すぎやしませんか?」

「これ以上、下っ端《したっぱ》を叩いてもらちがあかんのだよ」

「わかります……。しかし、その情報を流したところで、たどれるのはせいぜい東堂組までてでしょう」

「それでいいじゃないか。今回の殺人、および殺人未遂の主犯はおそらく東堂組の組長だ……」

「いや、それでは意味がない」

望月は言った。

「梅崎俊法まで手が届かなければ……」

「問題はひとつずつ解決していかなければならない。まず、署内で情報を漏らしている人間を発見し、そいつと東堂組がつながっていることを証明する。そして東堂組にメスを入れるんだ」

「いや、しかし……」

「聞くんだ、望月くん。一網打尽《いちもうだじん》は、そりゃ理想的だ。しかし、梅崎俊法などというのはおいそれと尻尾を出すやつじゃない。大物を追っかけているうちに、他の魚にすべて逃げられる可能性だってあるんだ、私らはそれをおそれなければならない」

大下の言っていることは正論だった。望月も納得せざるを得なかった。

「ホテルにいる久遠さんのことはくれぐれもお願いしますよ」

望月は折れた。まず東堂組までたどり着く——それが捜査のまっとうな進め方だ。望月はそう考えなければならなかった。

「わかっている」

大下が言った。

「東堂組を張っている板橋署の刑事で知っているのはいるかね？　直接連絡を取りたいのだが——」

「マル暴担当に染谷という刑事がいます」

「染谷だな……。わかった、そっちはどうかね？」

「宗教団体というのはじつに巧妙な隠れ蓑《みの》ですね。今のところ、お手上げの状態です」

「あまり梅崎俊法を刺激するな。『三六教』には、政財界の大物も何人か入信しているという噂《うわさ》だ。妙な圧力をかけられると捜査は余計にやりにくくなる」

「わかっています」

大下は電話を切り、今度は板橋署の捜査四係に掛けた。すぐに染谷が出た。大下は自己紹介し、望月に染谷の名を教わったことを告げた。

続いて大下は、わざと情報を流すという話をした。

染谷が電話の向こうで言った。

「話はわかりました……。で、目撃者は本当に生きているんですか?」

「その点については訊《き》かんでいただきたい」

「なるほどね……」

染谷のほうから電話を切った。

日が暮れると、ジャクソンがパジェロを駆って、白燕とともに新宿ヒルトンホテルへやって来た。

部屋へ入ると、ジャクソンは、ぐったりと小さな固いソファにもたれた。

「もうくたくたです。お弟子さんたちから解放されてほっとしました」

「ご苦労だったわね、ポール」

飛鳥はそう言ってから、白燕の方を向いた。「葬儀は無事終わったの?」

「とどこおりなく……。それで、『三六教』の総本山にはいつ出発するんだ?」

「久遠しだいだわね」

飛鳥は久遠を見た。「どうなの久遠?」

久遠はジャクソンと白燕を順に見つめて言った。

「ふたりの疲れが癒《い》えるのを待ちましょう」

ジャクソンはソファの上で身を起こした。

「僕ならだいじょうぶです」

「いいえ」

久遠は言った。「疲れているということは、生命力が弱まっているということです。そういうときは、充分な働きをすることはできません。体も頭脳もです。特に精神的な面での問題が大きいのです」

「久遠さんの言われるとおりだ」

白燕が言った。

「通夜と密葬でいささか参っておる。せめて一晩はぐっすり眠りたいものだ」

「それに、今はまだ様子を見たほうがよさそうです……」

久遠が言うと、飛鳥が尋ねた。

「様子？　何の？」

「梅崎俊法と警察……。何だか少しずつ騒がしくなってきたような気がします」

「わかったわ」

飛鳥はうなずき、電話に近づいた。彼女はフロントに電話し、交渉して、何とかふたつのシングル・ルームを確保した。

電話を切ると、飛鳥は白燕とジャクソンに言った。

「さ、フロントに行ってチェック・インしてきて。そのあとは好きなだけ眠るといいわ」

「私ら刑事警察では、とてもこういうまねはできない」

覆面のバンのなかで望月は言った。

奈良県警の公安三課の刑事はかすかに笑って見せた。

「そうでしょうな。この電話の盗聴という行為自体、法律に引っかかりかねない。だが、私らはやらなければならない。公安警察は刑事警察とは根本的に違うのですよ」

「そのようですね……」

望月が言って、隣りの堀内の顔を見た。堀内はテープレコーダーやコンソールのフェイダー、イコライザー、デジタルの電話番号表示器、小型スピーカー、そしてヘッドホンなどを興味深げに見回していた。

「しかしね……」

公安の刑事が言った。「私らだって、そうとうたしかなネタがないと、こんな危《ヤバ》い橋は渡りませんよ」

「ほう……。こういうのが日常茶飯事《さはんじ》かと思いました」

望月は言った。

奈良県警の刑事は、望月の顔をしげしげと見つめたが、別に彼が皮肉で言ったわけではないと知って、またかすかな笑いを浮かべた。

「そりゃ、あなた。けっこうな頻度《ひんど》でやることはやりますがね」

電話の呼び出し音がスピーカーから響いてきた。受話器の外れる音。同時にテープレコーダーが回り始める。

公安の刑事はヘッドホンを持ち、片耳に当てた。

盗聴を始めてから何度も同じことの繰り返しだった。

『三六教』の総本山の側から電話を掛けた場合、すぐに番号は表示されるが、掛かって来た場合、相手の番号はわからない。

信者からの宿泊の予約に過ぎなかった。

山の中に車を駐《と》めて、何の問題もない電話でのやりとりを聞いている——望月は、次第に徒労感を覚え始めていた。

やはり、梅崎俊法がクーデターまがいの計画を進めているというのは、白燕の妄想にすぎないのではないだろうか——ふと望月はそんなことまで考え始める始末だった。

その心を読むかのように、公安の刑事が言った。

「この作業を始めたらね、疑うことはやめることです。自分のやっていることが正しいのかどうか、疑うくらいなら、何も考えないほうがいい。百万回に一回でも有力な情報があればこちらの勝ちなんです。半日やそこらで音《ね》を上げてはいけません」

「なるほど……」

望月は低くそうつぶやいた。「いろいろと勉強になりますね」

板橋署のマル暴担当刑事、染谷進は東堂組を張っている仲間に近づいた。

ふたり一組で事務所のそばに立っていた刑事は振り返った。

「お、ソメさんか……」

ふたりのうち、年上のほうが言った。

「どうだい？」

染谷が尋ねた。

「別に変わった動きはないな……」

「最近、代貸の森脇の姿を見かけんのだが……」

「そう。俺も見ていない」

染谷は思案顔《しあんがお》になった。

「ちょっと、そのあたり突いてみたいんだが、東堂と話してきていいかな？」

「こっちはかまわねえよ。助っ人《すけと》が要《い》る羽目《はめ》になったら、いつでも呼んでくれ」

「助っ人？」

染谷は笑った。「なめられたもんだな、おい」

染谷は歩いて、組事務所に近づいた。

一階にたむろしているチンピラたちが一瞬緊張した。染谷は堂々とその前を通り過ぎた。

染谷刑事を誰何《すいか》する者はひとりもいなかった。

彼は事務室を通り過ぎ、三階に上がった。三階には、比較的貫目《かんめ》のある男たちがごろごろしており、その奥に組長の部屋があった。

「組長いるかい？」

幹部たちは、いちおう立ち上がり、形ばかりの挨拶をした。

「ちょっと邪魔するよ」

染谷はノックせずにドアを開けた。

東堂はさっと頭を上げたが、すぐにその眼から殺気を消し去った。

染谷は一歩部屋に入ってドアを閉めた

「茶はいらない。話の邪魔をするな。子分どもにそう言っておけ」

東堂は内線電話を掛け、言われたとおりにした。

電話を切ると、東堂はソファをすすめた。染谷は首を横に振った。

「最近、森脇どうしてる？」

染谷が尋ねた。「元気でやってるか？」

「はい。おかげさまで……」

東堂は表情ひとつ変えずに言った。

「最近姿を見かけんようだな」

「ちょっと商談で遠くへ出張していましてね」

「出張？　商談？　そんな言葉、どこで覚えた？」

「染谷さん、私ら東堂組は株式会社なんですよ。株式会社は営利を目的として作られる法人なんです」

「ちょっと会わんうちに、インテリになったもんだなゴロマキ屋が……。どうせ森脇の入れ知恵だろうが……。森脇がいなけりゃ、おまえらなんかただのチンピラとそう変わらん」

「部下を高く評価されるってのは、気分のいいもんですね、染谷さん」

「ヤクザふぜいに気易《きやす》く名前を呼んでもらいたくねえな。おい、東堂、おまえ、森脇と何かあったんじゃないのか？」

「何かと言いますと？」

染谷は一歩近づき、机に手をついた。

「仲たがい、意見の対立……、まあ、そういった類《たぐい》のことだ。森脇のことだから、女で揉《も》めるってのはないだろうからな……」

「別に……。森脇はじつによくやってくれていますよ」

染谷はぐっと顔を近づけた。

「おい、東堂……。俺に恥をかかすようなまねはやってはいないだろうな？」

東堂は笑った。

「何のこってす？」

「群馬あたりまで出張《でば》って行って、妙なことをやったんじゃないかと言ってるんだ」

「何のことかわかりませんなあ……」

「この一週間で、二回も葬式を出した家がある。桐生にある家だ。もし、おまえが一枚嚙《か》んでいたら俺の顔に泥を塗ったことになる」

「何もやっちゃいませんよ。ご心配なく……」

「じゃあ、桐生署に、おまえんとこの身内だった者が何人も取っつかまってんのはどういう訳《わけ》だ？」

「ご存じでしたか？」

「警察をなめてんのか。そういう知らせはすぐに届く」

「破門した者のことまでいちいち見てられませんよ。桐生署につかまっているのは、ある時期ウチにいた連中かもしれませんがね、今じゃ何の関係もないんです」

「そんな言い分が通ると思うか？」

「思いますよ」

染谷はしばらく東堂を睨《にら》みすえていた。やがて身を引くと彼は言った。

「今度来るときは、逮捕令状《オフダ》を持って来るからな……。そのつもりでいろ」

染谷は踵《きびす》を返して、東堂に背を向けた。

「おい」

染谷は背を向けたままで言った。「俺をうしろから撃とうなんて思うなよ」

彼は部屋から出た。

ドアが閉まると東堂はつぶやいた。「キャンキャンと吠《ほ》えくさって……」

「犬が……」

群馬県桐生署の大下部長刑事は、ひとり『長尾高久氏殺害および高尾久遠さん殺人未遂捜査本部』をはなれ、自分の机で書類仕事をするふりをして、捜査四係に注意を向けていた。

捜査第一課長が、捜査第四係長に、長尾久遠は生きており、自首した男が本当の犯人ではないと確認した事実を伝えたはずだった。

それを受けて、今、四係では、刑事たちに事情説明が行なわれているはずだった。

説明が終わり、刑事たちが席に戻った。

ベテランの大下は、刑事たちの態度を観察した。容疑者を見つめる眼だ。いつも見慣れている連中だけに、微妙な変化も手に取るようにわかる。

彼は心の中でつぶやいた。

（同僚の張り込みをやる羽目になるとはな……。因果《いんが》な商売だ……）

彼は、ひとりの刑事が落ち着きをなくしているのに気づいた。

相手は三十七を過ぎて、まだ独身の男だった。遊びが好きで、まだ身を固める気などないとうそぶいているような手合いだ。

こういう男をヤクザは見逃さない。

なるほどな、と大下は思った。

遊び好きのマル暴担当刑事が、トイレへ行くような素振《そぶ》りで席を立った。

大下の席とはずいぶんと離れているため、自分が見られていることに気づいていない。

大下は尾行を始めた。

マル暴担当刑事は署外へ出て、さきほど大下が使ったのとまったく同じ公衆電話を使った。話はすぐに終わった。落ち合う場所と時間を決めたのだろうと大下は思った。

大下はその刑事の名前を思い出そうとした。たしか村田《むらた》という名で、階級は巡査長だったはずだ。

村田刑事は一度署へ戻って、仕事を続けるふりをしている。

五時十五分――退庁時間ぴったりに、村田は署を出た。

大下はそれまでに、捜査本部の中に一班を動員して、村田刑事を尾行する態勢をととのえていた。

大下を中心とする四人の強行犯担当刑事のグループは、村田刑事を尾行した。

村田は小さなクラブに入った。ボックスシートに坐《すわ》る。

大下はふたりを外で待たせ、ひとりを連れて店に入った。

物陰から村田刑事の様子をうかがう。

村田は、背中側の席の男に、背もたれ越しに何かしゃべっている。四係長から伝えられた情報を売っているのだろうと大下は思った。

相手はひと目で暴力団とわかる男だった。

暴力団風の男が、立ち上がり、村田の席の隣りに、さりげなく封筒を落とした。

「今だ」

大下は言った。

彼は飛び出して行き、怒鳴った。

「村田巡査長。そして、そこの男、動くな。警察だ」

村田は目を飛び出さんばかりに見開いている。

暴力団ふうの男は、突然罵声《ばせい》を上げて、ドスを抜き、村田をひと突きした。血しぶきが上がる。

そのまま、ドスを振りかざし、大下たちに襲いかかる。

大下は背広を脱ぎ、その男の頭からかぶせた。もがく男の手を取りドスを叩き落とす。

続いて大下は腰を入れて背負い投げを見せた。暴力団ふうの男は投げ出された。すかさずもうひとりの刑事が手錠をかけた。

外を固めていたふたりが、店内に駆け込んで来る。

「救急車だ」

大下が言った。「村田が刺された。それと俺も病院行きだ」

三人の刑事は驚いて大下を見た。

「その極道を投げたとき、腰、やっちまった。ギックリ腰だよ」

村田のけがは浅く、彼は、すべてを白状した。相手は間違いなく東堂組のヤクザだった。逮捕したヤクザも、自分が東堂組の人間であることを認めた。

その情報はすぐに奈良県警公安三課と、板橋署捜査四課に伝えられた。

3

森脇に代わって東堂組の新しい代貸となった綾部伸郎が、いつになくあわてた足取りで組長室へ現われた。

東堂は言った。

「何ごとだ?」

「桐生署の刑事と接触していたやつがパクられました。情報を仕入れている現場に踏み込まれたんです」

東堂は口をゆがめたが、困惑した表情は見せなかった。

「そいつは東堂組の名前をだすだろうな……」

「どっちにしろ、警察には面《めん》が割れています。前科持ちなもんで……。野郎、よせばいいのに、情報を買っていた桐生署の村田という刑事をその場で刺しちまったんです。はめられたと思ったんでしょう」

「まずいな……。警察は、どんなやつであれ身内が痛めつけられたとあったら、根性入れて締め上げる……」

「組長は、しばらく高飛びでもなさっていたほうがいいかと……」

「外国へ逃げて問題の解決になるんかい」

「しかし、このままだと、おめおめと警察が乗り込んで来るのを待つばかりです……」

東堂は立ち上がった
「奈良へ出かける。すぐに、だ。仕度させろ。おまえはここに残って、警察がウチコミかけてきたら、何とか時間を稼ぐんだ」

「……でも、どうやって……」

「頭《ペテン》使え。考えるんだ」

東堂は初めて人を殺したことを後悔した。気に入らない人間だったが、森脇はやはり必要だったようだ——彼はそう思った。

東堂は引出しから森脇を撃ったリボルバーを取り出し、空薬莢《からやっきょう》を抜き取ってカートリッジを補充した。

それを無造作《むぞうさ》にズボンのベルトに差し込むと、黒の上着を着た。

東堂は、部屋の中で、立ち尽くしている綾部に向かって言った。

「なに、ぼうっとしているんだ。車を正面まで回せ」

綾部は部屋の外に飛び出して行った。

警察がやって来たのは、東堂が乗り込んだ黒いメルセデス・ベンツが出発してから一時間ほど経《た》ったころだった。

刑事は全部で六人いた。

そのうち四人は綾部の知っている刑事だった。板橋署のマル暴担当の刑事だった。

その先頭に立っているのは染谷刑事だった。

あとのふたりに見覚えはなかった。

染谷が言った。

「東堂はどこだ？」

「何の用です？」

綾部は答えた。

「ちょっと出かけてますが……」

「いつ戻る？」

「さあ……。私らにはわかりませんね……。個人的な用向きだと言ってましたから……」

「ちょっと、事務所の中を見せてもらうぜ」

染谷はそう言って、捜査令状を広げて見せた。

「かまいませんよ……」

綾部が言った。

捜査員たちは手際《てぎわ》よく事務所の捜索を始めた。

染谷は綾部の妙な落ち着きのなさに気づき、はっと思った。

「てめえ！」

染谷は言った。「東堂を逃がしやがったな」

言いながら電話をつかんでいた。

「そういえば」

板橋署の別の刑事が言った。「さっき、黒のベンツが出て行きました」

染谷は電話の相手に言った。

「通信指令室。こちら板橋33の染谷巡査部長。都内全域に緊急配備《キンパイ》の要請。目標は黒のベンツ。繰り返す。目標、黒のベンツ。殺人容疑者、東堂猛が乗っている」

染谷が電話を切ると、綾部が訊いた。

「殺人容疑？　いったい何のことですか？」

染谷が綾部を睨《にら》みつけた。

「桐生署さんの刑事を刺したばかがいたな。そいつがゲロしたんだそうだ」

彼は綾部が知らないふたりの刑事のうち、年配の方を向いて言った。

「大下さん、逮捕状《オフダ》を拝ませてやってください」

綾部は、そのふたりの刑事が群馬の桐生から来たことを悟った。

年配の刑事——大下が逮捕状を広げた。

染谷が綾部に言った。

「さ、言っちまえよ。東堂はどこへ逃げた?」

「知りませんよ。俺は本当に知りません」

染谷が板橋署の若い刑事に命じた。

「しょっぴけ!」

綾部は腕を引かれて行った。

これまでも、ずいぶん危ない橋を渡ってきた——綾部は刑事に引っ張られながら思った。しかし、彼は、なぜか東堂組も今回で最期《さいご》だという気がしていた。

さきほど、黒いベンツが出て行くのを見たと言った刑事に染谷が尋ねた。

「そのベンツが出て行ったのは、どのくらい前だ?」

「一時間ほど前になります。東堂は隠れていたらしく、運転手役の若チンピラの姿しか見えませでした。だから、それほど気にしなかったのです。それに、東堂に逮捕状が下りたなんて、そのときは知りませんでしたし……」

刑事は口惜《くや》しそうに言った。染谷はうなずいた。

彼は大下部長刑事に言った。

「大至急、警察庁《サッチョウ》に連絡して、全国で指名手配をしてもらいましょう。もし、地方へ向かったとしたら、すでに東京の外に出ている可能性が大きい」

「そうですね……」

大下は考えた。地方へ向かったとしたら、という染谷の言葉が妙に引っかかった。「そうだ……。奈良へ行ったのかもしれない」

「奈良……？」

「『三六教』の総本山です。大臼岳山中にある新興宗教の本部ですよ」

「何でまた、そんなところに……」

大下はかいつまんで事情を説明した。

染谷はうなずいた。

「おおいに考えられる……」

大下は電話に手を伸ばした。彼は奈良県警に電話した。公安三課に回してもらう。

「群馬県警桐生署の大下という者ですが、そちらにうちの望月という者が行っているはずです。連絡を取りたいのですが――」

望月は外へ出ているが、無線で伝言はすぐに伝えられるという返事だった。

大下は伝言をたのんだ。

バンの運転席にいた刑事がドアをノックした。

公安三課の刑事がスライド・ドアを開けた。

「望月さんに、大下さんから伝言です」

望月は顔を向けた。

「大下さんから……」

運転席にいた刑事は、メモを読み上げた。

「東堂組組長・東堂猛が『三六教』総本山の梅崎俊法のもとに向かった可能性が大。なお、東堂猛は容疑が固まり、逮捕状が出ている。発見し次第、奈良県警の応援を得て緊急逮捕されたし。連絡待つ」

望月は伝言を持って来た刑事に礼を言った。彼は運転席に戻った。

「いよいよ大詰めってところですかね？」

公安の刑事が言った。

「そう。本当に来ればね……」

望月が答えた。

それから十五分後だった。梅崎俊法あてに電話が入り、テープレコーダーが回り始めた。

スピーカーから低い声が聞こえてきた。

「東堂です。お詫《わ》びにうかがわなければならないのですが……」

白燕とジャクソンは、一晩ぐっすりと眠り元気を取り戻していた。

彼らは、飛鳥や久遠と駐車場で待ち合わせた。久遠が朝、目を覚ますと、すぐに『三六教』総本山に向かいたいと言い出したのだ。

四人は朝食をかき込み、パジェロに乗り込んだ。

飛鳥がハンドルを握った。

「白燕。あなた、『三六教』を長い間監視していたんだから、あのへんの地理は詳しいでしょう？　ナビゲーターやってよ」

「ナビゲーター？」

「助手席に坐って道案内するの」

飛鳥は全国版のロードマップを出して、おおざっぱなコースを頭に入れた。

彼女は地図を白燕の膝《ひざ》の上へ置くとギアを入れた。

「さあ、出発するわよ」


梅崎俊法は東堂からの電話を切ったあと、妙な胸騒ぎがした。

東堂のもくろみはわかっていた。俊法の影響力を利用して、何とか罪を逃れようと考えているのだ。

梅崎俊法にしてみれば、東堂などトカゲの尻尾《しっぽ》のようなもので、すぐにでも切り捨ててしまいたい。

しかし、敵に回すと物騒な男であることも確かだった。

（突き放すと、彼は私を殺して自害する、くらいのことはやりかねんな）

彼は思った。そして、口に出してつぶやいた。

「阿修羅《あしゅら》めが……」

彼は受話器を取り、秘書室に内線電話を掛けた。

「何でしょう?」

聞きなれた秘書の声が答える。

「浦上昌造は、今日はどこにおる?」

「こちらにおいでのはずです。本堂のほうかと思いますが……」

「それは都合がよい。探し出して、私の部屋まで来るように伝えなさい」

「承知しました」

「それから『日本武道振興会』のメンバーで、すぐに駆けつけられる者をリストアップして知らせてくれ」

「わかりました」

俊法は電話を切った。

五分も経《た》たぬうちに、秘書室から紙を持った男がやって来た。

「『日本武道振興会』の会員で、現在、お手すきなのはこの方々です」

男は紙を差し出した。俊法はうなずき、紙を受け取った。秘書室の男は、余計なことを一切言わずに、即座に部屋を出て行った。

ドアが閉じると、俊法はそのリストを検討した。紙には七名の武道流派総帥《そうすい》の名が記されている。

俊法は、一時間ないし二時間で『三六教』総本山までやって来られる道場を求めていた。

二流派にしぼられた。

リストには連絡先の電話番号も記されていた。

梅崎俊法は大阪の天授《てんじゅ》流柔術と亀山《かめやま》の心円《しんえん》流剣術を選び出していた。

それぞれの総帥に次のように命じた。

「手練《てだ》れの者を二、三人連れ、戦いの用意を整えて、今すぐ『三六教』総本山に駆けつけてくれ」

電話をしている最中にノックの音がして、ドアが開いた。浦上昌造が現われた。

俊法は電話を切り、浦上昌造に言った。

「今、東堂猛がこちらに向かっている」

「東堂が……？」

「詫びを言いに来ると言っておった。おそらく、長尾の一件、しくじったのだろう。警察から逃がしてほしいと言ってくるに違いない。しかし、話がこじれるかもしれない。そのときには、おまえに働いてもらわなければならない」

「わりました」

浦上は、東堂からいい思いをさせてもらったという恩義を感じていた。東堂を失ったら、酒も女も思うにまかせなくなるという心残りも感じていた。

しかし、梅崎俊法に逆《さか》らうことはできない。

俊法は言った。

「蓮田《はすだ》竜玄《りゅうげん》と朝倉尚葉斎《あさくらしょうようさい》に、頼りになるのを二、三人連れて、駆けつけるように言ってある」

「どこで待機していればよろしいのでしょうか?」

「秘書室におってくれ。必要なときには、すぐに飛び込んで来れるようにな……」

浦上は礼をして部屋を出た。秘書室の隅《すみ》にソファがあり、彼はそこに腰を下ろした。

それから約一時間後、天授流柔術の蓮田竜玄と心円流剣術の朝倉尚葉斎がやって来た。

蓮田竜玄はふたりの弟子を、また朝倉尚葉斎はひとりだけ弟子を連れてやって来た。

心円流剣術のふたりは、驚いたことに、真剣の日本刀を持って来ていた。


午後三時近くに、バンのそばをパジェロが通り過ぎたが、運転席の刑事はとくに気にしなかった。

望月が、そのパジェロを見たとしたら、おおいに関心を惹《ひ》かれただろうが、そのとき、望月はバンの中にいた。

「手練れを二、三人連れて駆けつけろというのはどういう意味だろう?」

公安の刑事が言った。望月が答える。

「東堂を始末しようというんじゃないのかな……」

「だとしたら、梅崎はちょっとだけ尻尾《しっぽ》を出したということになるな……」

「東堂が殺されたとしたら殺人教唆《きょうさ》ということになりますからね」

「クーデターの疑いなどを調べているより、そっちで引っ張るほうが早いかもしれない……」

望月は慎重に言った。

「でも問題がひとつあります。われわれは指をくわえて、東堂が殺されるのを待つわけにはいかない……」

「刑事警察ってのはお固いんだな……」

望月は答えなかった。

公安の刑事の要請に応《こた》えて、覆面パトカーが一台応援に来た。

その車内には二名の強行犯担当刑事が乗っていた。覆面パトカーはバンのすぐうしろに駐《と》まった。

強行犯担当の刑事が近づいて来てバンのスライドドアを開け、公安の刑事に尋ねた。

「段取りは?」

「何だ?、応援はふたりだけか?」

「ひとりの容疑者を逮捕するだけだろう。それほど大捕《おおと》り物じゃない。ここには六人の刑事がいる。充分だろう」

「俺の担当は東堂猛じゃない。梅崎俊法だ」

「こういう場合は、応援に回るんだよ。……で? 手筈《てはず》は?」

公安の刑事は望月を見た。望月は言った。

「東堂がやって来たら、とにかく取り押さえる――それしかないでしょう」

「梅崎俊法に会う前に……？」

強行犯担当の刑事が尋ねた。

望月はうなずいた。

「梅崎俊法に会うか会わないかは、この際問題ではありません。発見し次第、緊急逮捕する――これが第一の目的です」

刑事たちは、うなずき、覆面パトカーに戻って行った。


秘書から電話があり、珍しく梅崎俊法は顔色を変えていた。

「誰が来たって？」

「長尾久遠さまとおっしゃっています」

「長尾久遠……。ひとりか？」

「いいえ、お連れさまが三人いらっしゃると受付では申しております」

「彼らはまだ一階の受付におるのか？」

「はい……」

梅崎は考えた。

東堂への対処ばかり考えていた俊法は、咄嗟《とっさ》にどういうことなのか理解できなかった。

長尾久遠は、嘉納飛鳥という内弟子とともに爆死したと報じられた。俊法はそのことを知っていた。

では、今、自分を訪ねて来ているのは何者だろう？

誰かが長尾久遠の名を騙《かた》っているのだろうか。だとすれば、自分と長尾の関係を知っている者ということになる。

あるいは、長尾久遠は生きていたのだろうか？

梅崎俊法は考えた。

そして、ある結論に達した。それは、訪ねて来たのが本物であろうと、他人であろうと生かしておいてはためにならないということだった。

辛抱《しんぼう》強く返答を待っていた秘書に、俊法は言った。

「一階の大本堂に信者の方はおられるか？」

「はい。二百人ほど……」

「では、お客さまを、二階の道場のほうにご案内しなさい」

「わかりました」

俊法が道場と呼んだのは、研修や宿泊などに使われる、二十畳敷きほどの畳の部屋のことだった。

俊法は電話を切る前に、心円流剣術の朝倉尚葉斎に部屋に入るように伝えることを命じた。

すぐにノックの音が聞こえた。

紫の袋に包んだ日本刀をたずさえた、眼光の鋭い、やせた男が現われた。年齢は六十歳を過ぎているように見えた。

心円流剣術家・朝倉尚葉斎だった。

尚葉斎は道衣を着て、袴《はかま》を穿《は》いていた。俊法の「戦いの仕度をして来い」という言葉に従ったのだ。

彼は深々と一礼した。

俊法は言った。

「われわれの計画にとって、邪魔になる連中が二階の道場に来ておる」

「ほう……」

「切ってくれ」

「何者かうかがってよろしいですか?」

「『不動流』を名乗っておる」

尚葉斎の肩のあたりから、ゆらりと妖《あや》しげな殺気が立ち昇った。

「おもしろい……」

「たのんだぞ……」

尚葉斎は一礼して退出した。

七章　如来降臨《にょらいこうりん》

1

エンジン音が聞こえたとき、シートを倒して体を伸ばしていた刑事は、ぱっと起き上がった。

森林の中のゆるやかなカーブに、黒いメルセデス・ベンツが姿を見せた。

前のバンがエンジンをかけ、急発進するのが見えた。

奈良県警捜査一課の刑事は覆面パトカーのエンジンをかけた。

黒いベンツが脇を通り過ぎる。

覆面パトカーは発進した。

バンがハンドルを切り、道幅いっぱいに立ちふさがるのが見えた。

ベンツは急ブレーキをかけて止まった。そのすぐうしろに覆面パトカーを付ける。

刑事たちは、覆面パトカーから飛び降りて、リボルバーを抜いた。

前方のバンからも四人の刑事が拳銃片手に飛び出して来た。

六丁の拳銃が、ベンツのブロンズガラスに向けられた。

「ドアを開けろ」

望月が大声で言った。「ゆっくりと出て来い」

運転席のドアがおそるおそるという感じで開いた。

運転手のチンピラが両手を上げて出て来た。蒼《あお》い顔をしている。まだ修羅場の経験が少ないようだ。

堀内は素早くそのチンピラの腕を取って車から離れさせた。奈良県警捜査一課のひとりが手際よく身体検査をして、ドスや紙ばさみを取り上げた。

残りの刑事は、用心深くベンツの中をのぞいた。

「空《から》だ……」

誰かが言ったのを望月は聞いた。

東堂猛はいなかった。

「くそっ」

望月は、ベンツのボディーを蹴《け》った。「やつは、俺たちのやり方を熟知してやがる。ずる賢《がしこ》いやつだ」

奈良県警捜査一課の刑事が運転手のチンピラに尋ねた。

「東堂はどこで降りた?」

チンピラは何も答えようとしない。

刑事の相棒が言った。

「今どき見上げたやつだなあ。警察がこわくないらしい」

チンピラは、恐怖のために、今にももどしそうな顔をしている。彼はついにたまりかねて言った。

「この道の途中で組長は車を降り、山へ入ったんです。時間をかせいでからそのまま走り続けるように言われて……」

「どのくらいまえだ？」

「さあ……。三十分くらい車を停《と》めて時間をつぶしてましたから……」

「『三六教』の総本山へ急ごう」

望月が言った。「何か面倒なことが起きそうな、いやな予感がする」

長尾久遠の一行は、二階の道場に案内されて、しばらく待たされていた。

ジャクソンが言った。

「こんなだだっ広いところへ案内して、どうしようというのでしょう？」

「決まっているわ」

飛鳥が言った。「あたしたちを始末しようというのよ」

白燕がうなずいた。

「梅崎俊法に会うには、いくつかの障害を乗り越えなければならないようですな……」

「障害？」

飛鳥は白燕を見た。「ひかえめな言い方ね。こっちは四人中三人が丸腰なのよ」

飛鳥の言うとおり、白燕だけは金剛杖《こんごうじょう》をたずさえているが、他の三人は素手《すで》だった。

白燕はいつものように墨染めの法衣を身に着けている。

ジャクソンは、ジーパンにTシャツを身に着け、その上に米空軍用のフライトジャケットを着ていた。

飛鳥は緑色のジャンプスーツを着ている。

久遠は、白くてゆったりとしている綿のパンツを穿《は》き、白いシャツブラウス、その上に明るい青色のジャケットを着ている。

軽快に動けるという点では申し分ない服装だった。

道場には、上座《かみざ》方向と下座《しもざ》方向の二カ所に出入口があった。

白燕が、そのふたつの出入口に注意を向けて言った。

「久遠さんを三人で囲むようにするんだ」

「あなた、皆伝を持っていると言ったわね」

飛鳥が言った。「頼りにしているわよ」

はっと久遠が顔を上げた。

飛鳥と白燕はそれに気づき、うなずき合った。白燕が言う。

「殺気だったやつが来るぞ」

ふたつの出入口が同時に開いた。下手側から比較的若い男が飛び込んで来た。

上手側から年かさの男が、下手側から比較的若い男が飛び込んで来た。

紺色の道衣に同色の袴《はかま》を身に着けている。

飛鳥はそのふたりが腰に日本刀を帯びているのを見て毛が逆立《さかだ》つ思いがした。

ジャクソンが一歩出て、立ちはだかろうとした。

紺色の道衣の男たちは、左手で刀の鯉口《こいぐち》を切り、右手で柄《つか》を軽く握ったまま駆け寄って来る。

「いけない、ポール」

飛鳥は叫んだ。「居合い抜きよ」

ふたりの男は、ほぼ同時に刀を抜いた。青白い光がさっと走った。

抜いたその刀が一の太刀《たち》になっている。

ポールは咄嗟《とっさ》に、『草薙《くさな》ぎ』の要領で畳の上に身を投げ出した。

白燕は、金剛杖を畳について、その勢いで跳躍し、刀の間合いから外れた。

ジャクソンの相手は、横ざまに払った刀をそのまま振りかぶって二の太刀とした。

ジャクソンは畳の上に横転し、辛《かろ》うじて二の太刀をかわした。

勢いあまって、刀は畳に深々と切れ込んだ。ジャクソンの相手をしているのが比較的若いほうだ。

ジャクソンは、刀がすっぱりと畳を切り裂くのを見て、血の気が引く思いがした。

「ただの居合いと思うな……」

ジャクソンの相手は、今度は八双《はっそう》から鋭く切り下ろした。

ジャクソンはまた畳の上を転がった。起き上がることができない。彼の頭の中には、ただひとつの手段だけがあった。

相手が再び上段に振りかぶろうとした。その瞬間、ジャクソンは後方に鋭く足を伸ばした。膝《ひざ》を折る『草薙ぎ』だ。

しかし、相手は『草薙ぎ』を読んでいたように、さっと一歩退《ひ》いた。ジャクソンの踵《かかと》は、相手の膝までとどかなかった。

『草薙ぎ』はあくまで奇襲のための技だ。苦しまぎれに使っても決まるものではない。

ジャクソンは、相手が太刀を振りかぶり、今まさに振り下ろそうとしているのを肩越しに見た。

彼は死を意識した。

そのとき、緑色のものが視野を横切った。飛鳥が飛び蹴りを放ったのだ。

一《いち》か八《ばち》かの賭《か》けに等《ひと》しい行為だった。

反射的に相手に刀で払われただけで、ざっくりと傷が口を開けるのだ。

だが飛鳥にも考えがなかったわけではない。

刀の構造上、上方から来るものに対しての攻撃には、予備動作に時間がかかるのだ。

ジャクソンの相手は、完全にジャクソンだけに気を取られていた。

飛鳥の飛び蹴りは不完全ながら相手の顔面に決まっていた。

飛鳥はふわりと着地した。ジャクソンはその隙《すき》に立ち上がっていた。

相手は左手で鼻のあたりを押さえて二歩三歩と後退した。右手で刀を下げている。

鼻血を出していた。

彼は、ぐいと袖で鼻血をぬぐうと、八双に構えた。敵がふたりになったため、相手の動きをさぐりやすい八双に刀を持っていったのだ。

飛鳥とジャクソンは左右から、相手の隙をうかがった。


白燕は二の太刀を金剛杖で払っていた。

すさまじい衝撃だったはずだ。

それでも刀を取り落とさなかったのはさすがだ、と白燕は思った。

おそらく、刀はもう鞘《さや》に収まらないだろう。

ちょうど刀の側面の『しのぎ』という部分を弾《はじ》くのだ。そうすると鋼《はがね》の刀身も曲がってしまうのだ。

相手は白燕の力量を知って、慎重になったようだった。

剣術の命は一の太刀にある。受けてから斬《き》るのではおそい。最悪の場合でも受けながら斬るのだ。

そして間合いが大切だ。

太刀というのは、切れるようでいて、なかなか相手に致命傷は与えられない。

一太刀で相手を葬るには間合いが必要なのだ。

杖《じょう》は、変幻自在の技で、受けがそのまま攻撃となることが多い。

そして、一度間合いを盗まれ、ぴたりと接近されたら完全に杖の勝ちといえる。

白燕とその相手は間合いの攻防を始めた。白燕はどんな変化にも対応できるように、金剛杖を中段に構えている。

相手は青眼《せいがん》に構えている。切っ先がぴたりと白燕の眼に向けられていた。

ふたりはじりじりとミリ単位での間合いの攻防を繰り返していた。


飛鳥とジャクソンは、相手に先手を取らせないように目配《めくば》せした。

合気道などに太刀取りの技があるが、演武用の型にすぎない。剣道や剣術の達人に先手を取られたら、逃げるのが精いっぱいで、太刀取りどころではない。

何とか相手にしがみつくくらいのことはできるかもしれないが、相手を投げ、しかも投げると同時に刀を取ってしまうなどというのは、演武での約束事だからできるのだ。

剣に長《た》けた者の一撃はそれほどすさまじい。

今度はジャクソンが飛んだ。

同時に飛鳥が『草薙ぎ』で膝を攻めた。

相手はさきほど顔面に食らった飛び蹴りが頭の中にあった。

左手を刀から放し、右手だけで刀を払ってジャクソンを斬ろうとした。

そのとたん、膝に激痛が走った。飛鳥の踵による『草薙ぎ』が決まったのだ。

刀は見当外れのところを漂《ただよ》った。

相手の膝は折れていた。そして次の瞬間、ジャクソンの全体重が乗った強烈な『飛び回し蹴り』が顔面を襲った。

男は刀を放り出して、二メートル後方まで吹っ飛んで倒れた。

「『飛び回し蹴り』ですって……」

「フルコンタクト空手をやっていたときの得意技だったんです」

「『不動流』の技のなかに加えてもいいかもね」

ふたりは、白燕と年配の剣士の攻防に眼を転じた。

そのとき、彼らは、じつに不思議な光景を見た。

久遠が歩み出て、白燕と相手の間に割って入る形になった。

久遠を見た全員が一瞬凍《こお》りついた。何が起こったのかわからなかった。

「久遠！」

大声を上げたのは飛鳥だった。

その声で全員が我に返った。

「こやつが、長尾久遠か」

年配の剣術家が言った。「好都合……」

彼は、肩へすっと剣をかつぐと、そのますますさまじい勢いで袈裟《けさ》掛《が》けに斬り下ろした。

空気を切り裂く音が響き、刀は一筋の光となった。

飛鳥、ジャクソン、白燕は、血煙《ちけむり》まで見えた気がした。三人は眼をそむけることすらできずにいた。

久遠は、まるでうるさいものでもよけるように、首をかしげた。わずかに斜め前方に歩を進める。

ただそれだけで、会心《かいしん》の一太刀をかわしていた。

久遠は、剣術家のすぐ眼の前にいた。

彼女は、彼の胸に掌を軽くあてがった。

次の瞬間、鈍い大きな音がして、剣術家は車に撥《は》ねられたような勢いで弾き飛ばされた。

そのままもんどりうって倒れ、動かなくなった。

極上の『撃ち』が、胸の中央の膻中《だんちゅう》の急所に決まったのだ。

『不動流』では、拳による突きをあまり使わない。代わりに、この掌による『撃ち』を多用する。

『撃ち』という名は、鉄砲の弾丸のように衝撃が相手の体の奥まで鋭く突き抜けるところから付けられたという。

後ろ足で床を踏みつける反作用を、体のうねりで増幅させ、掌に集中させるのだ。

だが、飛鳥も白燕もジャクソンもこれほど見事な『撃ち』は見たことがなかった。

久遠は倒れた男を見つめている。

三人は、久遠の動きがあまりに自然だったため、戦いを見たという気がしなかった。

それは、信じがたいほどの久遠の強さを物語っているのだった。


東堂猛は、いつものように受付嬢にほほえみかけた。

『三六教』の受付嬢は、まったく事情を知らぬため、東堂に頭を下げ、上に連絡もしなかった。

それで、東堂が突然、秘書室に現われたといった印象があった。

まず浦上昌造がソファから、ぱっと立ち上がった。

浦上は立ち上がってしまってから、それは失敗だったと思った。東堂に警戒されてしまったはずだった。

「どうしました、浦上先生……」

東堂が言った。

「いや……。ここで会うのは珍しいので、つい……な」

「そうですね」

東堂は、浦上のそばにいる三人の男を見た。白い道衣に黒い袴を着けている。古流柔術に多い道衣だ。

彼は、その三人から秘書のひとりに視線を移した。

「梅崎先生にお取り次ぎ願いたい。あらかじめお電話してある」

「お待ちください」

秘書は、電話を掛けた。彼は立ち上がった。

「こちらへどうぞ」

俊法の部屋のドアをノックし、返事を待ってから開けた。

東堂に場所を譲る。東堂は歩み出た。

東堂が部屋に入ると、秘書はすぐさまドアを閉じた。

俊法はいつものように机に向かって坐り、東堂を見つめていた。

「詫《わ》びを言いたいと?」

しわがれた聞き取りにくい声で俊法が言う。東堂は心もち頭を垂れ、前に手を組んで立っている。

「はい。不手際《ふてぎわ》があり、ご迷惑をおかけすることになるかもしれないと思い、そのご報告にうかがった次第です」

「警察に追われておるな……」

「はい……」

「私に助けを求めて来たのだろう」

東堂はゆっくりと顔を上げた。

「お詫びに上がったと申したはずです。この東堂猛、そこまで落ちぶれてはおりません」

「ほう……。助けを乞いに来たのではないというのか……？」

「もちろんです。自分のことは自分で何とかします」

「ふん。さすがに阿修羅が憑《つ》いているだけのことはある——そう言いたいが、今回の不手際は許されるべきではないな……」

「あとはこの身を隠すだけです。これ以上、先生にはご迷惑をおかけしません」

しわのなかの小さな眼が光った。

「言われたことも充分にできんで、恰好《かっこう》をつけるんじゃない」

東堂はその言葉の意味を理解しかねて俊法の顔を見た。俊法は明らかに怒っていた。

俊法が言った。

「今、二階の道場に誰がいるか知っておるか？　長尾久遠と名乗る者とその仲間が、三人来ておるのだ」

「まさか……」

東堂は眉をひそめた。「長尾久遠は死んだはず……」

「では、二階の道場にいるのは何者なのだ？」

東堂は肩を落とした。

「長尾久遠が生きているとしたら、私は何のために森脇を……」

俊法はその言葉を聞き止めた。

「森脇……。おまえが言っていた手下か？　おまえはその男を殺したのだな……？」

東堂は答えず、床を見すえている。

俊法が言った。

「つくづく救われぬ男よ。阿修羅の道を歩むしかないようだな……」

東堂は顔を上げた。

「二階の道場に長尾久遠がいるのなら——本物の長尾久遠が生きているのなら、この私が片をつけなければなりません」

俊法は深く溜《た》め息を吐《つ》いた。

「私がなぜ『不動流』にこだわるかわかるか？」

東堂は戸惑った。

「……いえ……」

「おそれよ……」

「おそれ……？」

「『不動流』には、その名のとおり、不動明王が憑《つ》いている。代々の宗家を守護し、流派そのものを守護している。不動は無敵の神霊だ。だが、すべての神軍を敵に回して戦い続けている御霊《みたま》がある。それが阿修羅だ。おまえには阿修羅が憑いている、おまえなら、『不動流』を根絶しにできるかもしれぬ」

「必ずや……」

　俊法はうなずいた。

「もう一度、チャンスをやろう」

　彼は秘書室に電話を掛け、『無極塾』の浦上と、天授流柔術の三人を部屋に入れるように言った。

　彼らがやって来ると、俊法は言った。

「事情が変わった。二階に『不動流』の連中が来ておる。東堂と協力して、やつらを殺せ」

　俊法は一同を順に見すえて、もう一度言った。

「『不動流』のやつらを殺せ」

2

　望月は『三六教』の受付で、警察手帳を見せていた。隣りには堀内がいる。そのうしろに、四人の奈良県警の刑事が並んでいる。

　受付嬢はそのものものしい雰囲気にうろたえた。

　望月が言った。

「東堂組組長・東堂猛がやって来ませんでしたか？」

受付嬢が答えた。

「東堂さまなら、ちょっと前にお見えになりましたが……」

「どこへ行きました？」

「教祖のところだと思います。いつもそうですから……」

「教祖さまの部屋は？」

「三階です。しかし……」

「行こう」

望月は刑事たちに言った。

受付嬢は立ち上がって彼らを制止しようとした。

「お待ちください。どういうことですか？」

「すいません。一刻を争うのです」

「令状をお持ちですか？」

望月は受付嬢を見た。

「今ここに令状はありません。しかし、東堂には殺人の容疑で逮捕状が出ているのです。私たちは令状なしで捜査できるのです」

受付嬢はそれ以上、抗議はできなかった。

刑事たちは、階段を昇り始めた。

東堂がまず道場に入って行った。

飛鳥、白燕、ジャクソンの三人が久遠の前に立ち、守っている。

続いて浦上が入って来た。彼らふたりは上座側の出入口から入って行った。

天授流柔術の三人が、下座側から道場に現われた。

天授流柔術の三人は、みな四十歳前後だった。

東堂は、三人の弟子の後ろに匿《かくま》われている久遠を見た。

あの夜、窓から『不動流』道場を覗いていた少女だと確信した。

久遠も東堂を見ていた。

久遠は三人にそっとささやいた。

「あそこにいる男が、父を殺した犯人です」

飛鳥、白燕、ジャクソンがさっと東堂を見た。

珍しく飛鳥が感情を剥《む》き出しにした。彼女の眼は怒りのため、みるみる充血していった。

「早いとこ片付けようか……」

東堂がぼそりと言った。

そのとたんに、浦上と三人の古流柔術家が『不動流』の四人に襲いかかっていった。

東堂はひとり離れて、ポケットに両手を差し込み、その様子を見ていた。

ジャクソンは、すぐに浦上が自分の敵であることを見抜いた。昔、馴《な》れ親しんだフルコンタクト空手独特の動きをしていたからだ。後ろ足をやや開きぎみにして、膝はわずかに曲げただけのアップライトスタイルだ。

両手は顔面の高さまでかかげている。

ジャクソンは、右手を開いたまま前方にし、左手を胸のあたりまで引いて半身《はんみ》になった。浦上とは逆の構えになる。

「サウスポーか……」

浦上昌造はつぶやいた。彼は、飛鳥も同様の右前の半身になっていることに気づかなかった。

飛鳥は、天授流柔術のひとりを相手にしていた。柔術は一般的には攻撃的な技が少ない。相手の力を利用して投げたり、攻撃に対しての入《い》り身技が多い。

飛鳥と天授流柔術の男は、互いに相手の様子を見る形となった。

白燕は、ふたりの柔術家を相手にしていた。

右側にいるほうが明らかに格が上だと思っていた。実際そのとおりで、白燕から見て右側にいるのが天授流宗家・蓮田竜玄なのだ。

白燕は、金剛杖の先端を自分の右足の先に置いた。逆の端を左手で持ち、その少し下を右手で持っている。左手の掌が上を向くような形で返っている。

棒で言うところの『地ずり』の構えで、一撃で相手の突進をはばもうとするときにきわめて有効だ。

久遠はひっそりと立って、東堂猛を見つめていた。おだやかな表情だった。

東堂も久遠だけを見つめている。彼は久遠の表情のおだやかさに、ふと戸惑いを感じ始めていた。

戦いの口火を切ったのは、浦上だった。

フルコンタクト系空手は、もともときわめて攻撃的だ。喧嘩《けんか》と同じで、先手必勝、手数で勝負というところがある。

浦上は、まず右のローキックから入って来た。続いて左、右と続くパンチ。そして、左のハイキックにつなぐ。

四つの技が一秒以内に、しかも流れるように繰り出された。

ジャクソンにとってはなじみ深い攻撃パターンだ。フルコンタクト系空手の典型的なコンビネーションのひとつなのだ。

ジャクソンはインファイトすることで、相手の技を封じた。退《さ》がれば、そのまま浦上は右の後ろ回し蹴りを出し、そこからまた、たたみかけるように技を出して来ただろう。

ジャクソンは迷わず一歩近づき、ローキックがインパクトのポイントに来るまえに膝でブロックした。

次の左、右のパンチは近すぎて、まったく威力がなかった。ジャクソンはたやすくガードできた。

左の上段回し蹴りも、ジャクソンが密着していくことで、インパクト・ポイントを外すことができた。

インファイトは、防御のためだけに有効なのではない。『不動流』にとっては、最も攻撃的な間合いとなるのだ。

浦上はその近い間合いを嫌った。近すぎてパンチもキックも出せないのだ。

だがジャクソンはその距離から理想的な『張り』を出した。掌で、顔面の横を打ち、脳《のう》震盪《しんとう》をさそうのだ。

浦上はその距離が危険な間合いであることを肌で感じ取った。

彼はあわてて退がろうとして、体重を後ろへ持っていった。

ジャクソンはその瞬間を見逃さなかった。退がろうとする浦上の胸に『撃ち』を見舞ったのだ。

『撃ち』は、力が体のなかで増幅されるため、見た目よりずっと大きな威力がある。浦上は激しい勢いで後方に倒れた。

すさまじいダメージだった。それでも浦上は起き上がろうとした。もがくようにして立ち上がった浦上に、ジャクソンがすべるように近づく。

浦上は反射的に回し蹴りを出した。ジャクソンは、それをやりすごして、再び密着し、開《かい》掌《しょう》によるジャブともいえる『刻《きざ》み』、そして左右の『張り』を浦上の顔面に叩き込んだ。

浦上の脳は激しくゆさぶられ、脳震盪を起こした。浦上はその場に崩れ落ち、眠った。

いっこうに仕掛けてこない相手に、いいかげんばかばかしくなってきた飛鳥は、するすると近づいて行って、『刻み』を出した。

『刻み』は、相手の顔面に決まった。相手はたちまち鼻血を出した。

飛鳥は続いて左右の『張り』を出し、水月《すいげつ》に向かって左の『鉤《かぎ》突き上げ』を見舞った。

どの技も面白いように決まった。

相手にしてみれば、『不動流』の攻撃は、どれも変則的で意表を衝《つ》かれるものに見えたのだ。体ごとまっすぐに突いていくような攻撃はひとつもない。

柔術家としてみれば、これほど組みにくい相手はいない。

飛鳥の相手は鼻血を出したことで逆上し、しゃにむに飛鳥の手を取りに来た。

飛鳥は手を前方にわざと差し出しておいて、上から下ろす感じの『下段回し蹴り』を相手の膝の横から叩き込んだ。

たいへんな威力だった。合理的な関節の動きを利用しているので、非力《ひりき》な者でも大きな破壊力を出せる。相手は膝の靭帯《じんたい》を痛めて、膝を突いた。

首の位置が下がったと見るや、飛鳥は腰を切り返して、相手の首筋に回し蹴りを見舞った。

首の両側にある太い筋はたいへん危険な急所だ。そこに回し蹴りが決まったのだ。相手はひとたまりもなく昏倒《こんとう》した。

白燕は、そのときまでに、近づこうとした左側の男に、棒を突き込み、眠らせていた。

その男は、白燕の金剛杖がどう動いたかわからなかったはずだ。

白燕は右手を肩口から腰までさっと下ろし、金剛杖をちょっとしごいただけだった。それだけの動きで、金剛杖の切っ先は床から跳ね上がり、男の水月に深々と埋《う》まったのだった。

男はそのまま崩れ落ちた。

蓮田竜玄はあらめて『不動流』のおそろしさを知った。『不動流』は形だけの古武術ではない。実戦で練り上げられた合理的な総合武道だ。

蓮田竜玄としては、自分の流派の負けを素直に認めるわけにはいかない。

彼は、そっと背に手を回し、その手を振り上げた。空中で小さく光るものがあった。

それはそのまま白燕の右肩口に突き刺さった。細い棒状の手裏剣だった。天授流柔術には手裏剣も伝わっているのだ。

蓮田竜玄は、さらに一本、手裏剣を投げた。白燕は金剛杖で辛《かろ》うじてそれを弾いた。

「何でもあり……」

白燕は言った。「そうでなくてはな……」

彼の右肩に血がにじみ始めた。手裏剣は刺さったままだ。抜くわけにはいかない。抜く動作はそのまま隙になり、相手に攻撃を許すことになる。

おそらく、天授流柔術の投げた後の固め技、決め技にはおそろしいものがあるだろう。

白燕は、法衣に血が広がっていくのを感じた。再び金剛杖を『地ずり』に持っていく。

蓮田竜玄は、また両手に手裏剣を構えた。

白燕が意表を衝《つ》く動作に出た。

金剛杖を突き出し、そのまま投げ出したのだ。

金剛杖はまっすぐ蓮田竜玄の顔面に向かって飛んだ。

蓮田竜玄は咄嗟《とっさ》にかわした。そのとき、隙ができた。

白燕は金剛杖を投げると同時に、突進していた。そのまま背を向け、姿勢を低くし、『草薙ぎ』で膝を狙う。

白燕の踵《かかと》は、相手の膝関節を確実に壊した。

くぐもった悲鳴が聞こえた。蓮田竜玄が崩れ落ちようとする。

白燕は片手と片足を床に突いたまま、もう一方の足を突き上げた。その踵が、前のめりに倒れてくる蓮田竜玄の顎《あご》に叩き込まれた。見事なカウンターとなった。

『逆《さか》さ蹴り』という『不動流』独特の蹴りだ。

蓮田竜玄は、ほとんど頭から落ちるように倒れ、動かなくなった。

東堂猛は周りの戦いの模様を視界の隅でとらえながら久遠を見ていた。

彼は腰のリボルバーを強く意識していた。抜いてすぐに久遠を撃つつもりだった。それですべてが終わるはずだった。

しかし、彼はそれを実行できずにいた。

東堂は久遠に不思議なものを感じていた。美しい少女だと思った。だが、ただ美しいだけではない。

姿形《すがたかたち》のいいだけの少女だったら、彼はこれまでに何人も力ずくで犯し、売春などをやらせたりしてきたものだ。東堂は平気でそういうことができる男だった。

だが、久遠に対しては違っていた。

彼はふと自分が久遠から何かを聞きたがっているのではないかと思った。

それが何であるかはわからない。

東堂は自分がおかしくなったのではないかと疑いさえした。

あの小娘が、俺に何を教えてくれるというんだ――東堂は思った。

いったい何を――。


受付から警察が来たという知らせが入るや、秘書がすぐ梅崎俊法に告げた。

梅崎俊法は一瞬もたじろがなかった。

「騒ぐな」

彼は秘書に言った。「警察は東堂を逮捕しに来たのだろう。東堂のやったことなど、私の与《あず》り知らぬことだ」

そこへ六人の刑事がやって来た。

望月が俊法に言った。

「失礼。東堂猛がここへ来ていますね？」

「そうかもしれませんな……」

俊法が言った。「うちの信者ですからね」

「今、どこにいます？」

「さあ……。いちいち、ひとりひとりの信者さんの行動を見張っているわけではありませんからね……」

「探させてもらいますよ」

俊法はうなずかざるを得なかった。

「行こう」

望月たちは二人一組になり、東堂を探し始めた。

久遠の口がかすかに動いた。

彼女は何かをささやいたのだ。聞こえるはずはなかった。それほどそのささやきはかすかで、久遠と東堂の距離は離れていた。

だが、東堂には、彼女が何と言ったかわかった。久遠は東堂に「阿修羅」と呼びかけたのだ。

東堂は愕然《がくぜん》とした。彼の眼は久遠の顔に吸い寄せられた。まぶしく感じられた。それでも眼をそらせなかった。

久遠の唇がさらに動いた。東堂だけに、久遠の声が聞こえていた。

「阿修羅。阿修羅。自分だけは救われぬと考えていますね。それは間違いです。おまえの神軍に対する戦いは、天《てん》や明王《みようおう》たちの驕《おご》り高ぶりへの戒《いまし》め――。おまえは、悲しみながら戦い続けています。そんなおまえが救われぬはずはありません。おまえは必ず救われるのです」

東堂の口がぽかんと開いていった。

東堂が――あるいは東堂に憑いている阿修羅が、久遠に求めていたのはこの言葉だったのだ。自分も救われるというたった一言だ。

東堂はまばゆい光を感じていた。

彼は両腕をだらんと垂れ、力なく立っていた。

やがて両膝を突き、ついには床につっ伏した。

肩が小さく揺れ始める。

東堂は、号泣《ごうきゆう》した。

戦い終わった飛鳥、白燕、ジャクソンは不思議そうにそれを見つめていた。

望月は、その光景をどう解釈していいかまったくわからなかった。

紺色の道衣を着て、腰に日本刀の鞘《さや》を差した男がふたり、白い道着に黒い袴を着けた男が三人、そしてたくましい男がひとり、計六人の男が床に散らばって倒れている。

そして、黒い背広を着た男が人眼もはばからず大声で泣いている。

さらに驚いたことに『不動流』の一行がそこに立っているのだった。

「これはいったい……」

望月が言った。

「梅崎俊法があたしたちを殺そうとしたのよ。そこで泣いているのは、長尾高久先生を殺した犯人よ」

飛鳥が説明した。

望月はもう一度、道場の中を見回してから横にいる堀内に言った。

「梅崎俊法をここに連れて来い」

俊法はその場を見たとたん、逆上した。

そこにあるすべてのものが、彼を怒り狂わせた。

梅崎俊法は、年齢に似合わぬ素早さで、道場の端に並べられていた心円流剣術の剣術家が持っていた日本刀のところへ駆けて行った。

彼は日本刀を手に取り、叫んだ。

「私が弥勒《みろく》の世を作るのだ。きさまらに邪魔はさせん。官憲ふぜいにも手出しはさせん」

彼は狂ったように刀を振りかぶり、あたりかまわず振り降ろそうとした。

久遠が言った。

「おまえになど弥勒のことを語らせはしません」

「なに……」

梅崎俊法は久遠を見た。

「おまえが長尾久遠か？」

俊法はそう言って久遠を睨《にら》みつけた。

その顔がふと曇り、やがて驚愕の表情となった。

刀を持つ手がだらりと下がってしまった。

「まさか……」

俊法は驚きの表情のまま言った。「まさか、そんな……。こんな御霊《みたま》が降りて来られるはずは……」

刀を取り落とした。

彼はさらにつぶやいた。

「大日如来《だいにちにょらい》……。宇宙の中心におわす御仏《みほとけ》……」

「そう」

久遠――大日如来は言った。「おまえのもくろみは、今日で終わるのです」

梅崎俊法はがっくりと膝を突いて坐り込んだ。

県警の刑事たちが駆けつけて来る足音がした。

「これで、お互いに生き返れましたね」

望月が奈良の駅で言った。「両親に何と言われるか……」

「こちらも、これから弟子たちに説明しなくちゃならないと思うと頭が痛いわ」

飛鳥が言った。

「頭が痛いのは僕のほうです」

ジャクソンが言った。「弟子たちに嘘《うそ》をついたのは僕ですからね」

「私も経《きょう》など上げたのだから同罪だな」

白燕が言った。

「桐生までごいっしょできないのは残念です」

望月が言った。「あなたたちは車、私たちは列車だ」

「あなたのお目当ては、飛鳥さんでしょう」

突然、久遠が言った。「なんなら、飛鳥さんだけ、列車で行ってもらいましょうか？」

全員が驚きの表情で久遠を見た。

久遠は言った。

「何よ、妙な顔して」

飛鳥が言った。

「久遠よ。この娘《こ》、本当の久遠よ。もとにもどったわ」

「なあに、その言い方。あたし、そんなに変だった？」

「変だったわよ。私、『不動流』を新興宗教にしようかと本気で考えたのよ」

「あ、そういうこと言うと、バチが当たるわよ。大日如来さまは、いつでもあたしのところに降りて来てくれるって言って、去って行かれたのよ」

「あなた、危ないめに遭《あ》うたび、如来さまを呼ぶつもり?」

「そういう体質になっちゃったのよ」

「体質ね……」

発車を知らせるベルが鳴った。

望月はいつまでも、この美しく明るいふたりの会話を聞いていたいと思っていた。

本書は一九八九年祥伝社より刊行されました。
二〇〇九年九月に改訂の上、新装版として刊行。

ハルキ文庫

こ 3-29

秘《ひ》拳《けん》水《すい》滸《こ》伝《でん》❶ 如来降臨篇《にょらいこうりんへん》 新装版

著者 今野《こんの》 敏《びん》

1998年6月18日 第一刷発行
2009年9月18日 新装版第一刷発行

発行者 角川春樹

発行所 株式会社角川春樹事務所
〒101-0051東京都千代田区神田神保町3-27二葉第1ビル

電話 03(3263)5247(編集)
03(3263)5881(営業)

印刷・製本 中央精版印刷株式会社

フォーマット・デザイン 芦澤泰偉
表紙イラストレーション 門坂 流

ISBN978-4-7584-3430-0 C0193 ©2009 Bin Konno Printed in Japan
http://www.kadokawaharuki.co.jp/[営業]
fanmail@kadokawaharuki.co.jp[編集] ご意見・ご感想をお寄せください。

ハルキ文庫 小説

木谷恭介　紅の殺人海溝
木谷恭介　長崎オランダ坂殺人事件
木谷恭介　西行伝説殺人事件
木谷恭介　宮之原警部の愛と追跡
木谷恭介　小樽運河殺人事件
木谷恭介　丹後浦島伝説殺人事件
木谷恭介　若狭恋唄殺人事件
木谷恭介　九州太宰府殺人事件
木谷恭介　野麦峠殺人事件
木谷恭介　九州平戸殺人事件
木谷恭介　横浜中華街殺人事件
木谷恭介　仏ヶ浦殺人事件
木谷恭介　「水晶の印《いん》」殺人事件
木谷恭介　札幌源氏香殺人事件
木谷恭介　豊後水道殺人事件
木谷恭介　菜の花幻想殺人事件
木谷恭介　蓮如伝説殺人事件
木谷恭介　東北三大祭り殺人事件
木谷恭介　加賀百万石伝説殺人事件
木谷恭介　日南海岸殺人事件

木谷恭介　みちのく紅花染殺人事件
荒 和雄　銀行人事部崩壊
大谷羊太郎　東伊豆殺人事件（書き下ろし）
佐藤正午　放蕩記
佐藤正午　Y
内山安雄　上海トラップ
内山安雄　マニラ・パラダイス
内山安雄　フィリピンフール
井沢元彦　顔の無い神々
井沢元彦　邪神復活〈忍者レイ・ヤマト〉シリーズ❶
井沢元彦　悪魔転生〈忍者レイ・ヤマト〉シリーズ❷
井沢元彦　迷宮決戦〈忍者レイ・ヤマト〉シリーズ❸
井沢元彦　アーク殲滅〈忍者レイ・ヤマト〉シリーズ❹
井沢元彦　叛逆王ユニカ
井沢元彦　パレスタ奪回作戦
高木彬光　刺青殺人事件
高木彬光　人形はなぜ殺される
高木彬光　成吉思汗《ジンギスカン》の秘密
高木彬光　わが一高時代の犯罪
司城志朗　気の長い密室

ハルキ文庫 小説

グスーヨン　偶然にも最悪な少年
グスーヨン　ハードロマンチッカー
浅黄 斑　能登の海 殺人回廊
浅黄 斑　瀬戸の海 殺人回廊
浅黄 斑　霧の悲劇
泡坂妻夫　妖女のねむり
泡坂妻夫　喜劇悲奇劇
泡坂妻夫　花嫁のさけび
佐伯泰英　ピカソ 青の時代の殺人
佐伯泰英　ゲルニカに死す
霞 流一　赤き死の炎馬 奇蹟鑑定人ファイル❶
霞 流一　屍島 奇蹟鑑定人ファイル❷ 書き下ろし
樋口有介　風の日にララバイ
樋口有介　八月の舟
太田忠司　歪んだ素描 探偵藤森涼子の事件簿
太田忠司　暗闇への祈り 探偵藤森涼子の事件簿
田中光二　わが赴くは蒼き大地

田中光二　異星の人
田中光二　幻覚の地平線
田中光二　失われたものの伝説
田中光二　エデンの戦士
田中光二　冷血
[構成]富野由悠季 [文]面出明美　ブレンパワード❶ 深海より発して
[構成]富野由悠季 [文]面出明美　ブレンパワード❷ カーテンの向こうで
[構成]富野由悠季 [文]斧谷 稔　ブレンパワード❸ 記憶への旅立ち
高千穂 遙　魔道神話❶❷❸
高千穂 遙　目覚めしものは竜《ザ・ドラゴンカンフー》
高千穂 遙　銀河番外地 運び屋サム・シリーズ❶
高千穂 遙　聖獣の塔 運び屋サム・シリーズ❷
筒井康隆　時をかける少女
山本甲士　蛇の道は蒼く 書き下ろし ❶
西澤保彦　猟死の果て
鯨 統一郎　千年紀《ミレニアム》末古事記伝ONOGORO 書き下ろし
鯨 統一郎　新千年紀《ミレニアム》古事記伝YAMATO 書き下ろし

ハルキ文庫 小説

平井和正　狼男だよ　アダルト・ウルフガイシリーズ❶
平井和正　狼よ、故郷を見よ　アダルト・ウルフガイシリーズ❷
平井和正　人狼地獄　アダルト・ウルフガイシリーズ❸
平井和正　人狼戦線　アダルト・ウルフガイシリーズ❹
平井和正　人狼、暁に死す　アダルト・ウルフガイシリーズ❺
平井和正　ウルフガイ　不死の血脈　アダルト・ウルフガイ・シリーズ❻
平井和正　ウルフガイ　凶霊の罠　アダルト・ウルフガイシリーズ❼
平井和正　ウルフガイ　イン・ソドム　アダルト・ウルフガイ・シリーズ❽
平井和正　ウルフガイ　魔天楼　アダルト・ウルフガイシリーズ❾
平井和正　ウルフガイ　魔界天使　アダルト・ウルフガイ・シリーズ❿
平井和正　ウルフガイ　若き狼の肖像　アダルト・ウルフガイ・シリーズ⓫
平井和正　死霊狩り《ゾンビー・ハンター》❶❷❸
竹本健治　殺戮のための超・絶・技・巧　バーミリオンのネコ❶
竹本健治　タンブーラの人形つかい　バーミリオンのネコ❷
竹本健治　兇殺のミッシング・リンク　バーミリオンのネコ❸
竹本健治　〝魔の四面体《テトラヘドロン》〟の悪霊　バーミリオンのネコ❹
竹本健治　クー
竹本健治　鏡面のクー　書き下ろし

山田風太郎　厨子家の悪霊
山田風太郎　幻妖桐の葉おとし
山田風太郎　黒衣の聖母
山田風太郎　みささぎ盗賊
山田風太郎　男性滅亡
小林恭二　ゼウスガーデン衰亡史　決定版
小林恭二　電話男
赤江瀑　オイディプスの刃
赤江瀑　ニジンスキーの手
斎藤純　レボリューション
辻井喬　変身譚
辻井喬　命あまさず　小説 石田波郷
松井永人　叛逆の艦隊❶❷❸
鎌田敏夫　京都の恋
青井夏海　陽だまりの迷宮
青井夏海　せせらぎの迷宮
水村節子　高台にある家
中野美代子　眠る石　奇譚十五夜

ハルキ文庫 小説

森村誠一 砂漠の暗礁
森村誠一 新幹線殺人事件
森村誠一 新・新幹線殺人事件
森村誠一 虚無の道標
森村誠一 人間の証明
森村誠一 野性の証明
森村誠一 青春の証明
森村誠一 新・人間の証明 上下
森村誠一 超高層ホテル殺人事件
森村誠一 黒魔術の女
森村誠一 銀の虚城
森村誠一 星のふる里
森村誠一 腐蝕の構造
森村誠一 日本アルプス殺人事件
森村誠一 銀河鉄道殺人事件
森村誠一 伝説のない星座
森村誠一 死海の伏流
森村誠一 血と海の伝説 ミッドウェイ
森村誠一 不良社員群
森村誠一 通勤快速殺人事件
森村誠一 虹色の青春祭
森村誠一 暗黒星団
森村誠一 死線の風景
森村誠一 霧の神話

森村誠一 青春の反旗
森村誠一 虚構の空路
森村誠一 黒い神座《みくら》
森村誠一 指名手配
森村誠一 高層の死角
森村誠一 棟居刑事の追跡
森村誠一 棟居刑事の証明
森村誠一 棟居刑事の黙示録
森村誠一 花の骸
森村誠一 殺人劇場
森村誠一 人間の証明 PARTⅡ 狙撃者の挽歌 上下
森村誠一 殺意の漂流
森村誠一 真昼の誘拐
森村誠一 致死眷属
森村誠一 エンドレス ピーク 上下
森村誠一 死都物語
森村誠一 背徳の詩集
森村誠一 砂漠の駅《ステーション》
森村誠一 棟居刑事の殺人交差路
森村誠一 棟居刑事の花の狩人《ラブハンター》
森村誠一 棟居刑事の凶縁
森村誠一 夜明けのコーヒーを君と一緒に
森村誠一 偽完全犯罪
森村誠一 棟居刑事の黒い祭